# イシュタム・コード

川口祐海
Kawaguchi Yukai

文芸社文庫

# イシュタム・コード——目次

世界に数多ある神話の中で、唯一、自殺を司った女神〝イシュタム〟
彼女はかつて、自殺者の魂を楽園に導き、永遠の安息を与えていた——

# 00　はじめに

親愛なるきみへ

オレは今、とんでもないところにいる。これを書くにはちょうどいいとも言えるし、そうでないとも言える、そんな場所だ。

世の中ではあの未曾有（みぞう）の現象の真相を誰ひとり知ることなく、ただ時間だけが過ぎ去っている。けれどやはりこれは記録に残しておくべきだと思うし、いつか誰かの手で発表されるべきだと思う。

そしてオレには、これから新たにやろうとしていることがある。だから、次の行動を起こす前に、どうしても書き残しておきたかったんだ。

こんなふうに過去を思いだすのはめずらしいことだし、なにかを記録するということもしてこなかったけれど、今回ばかりはそうしておこうという気になった。

理由は三つ。

まず、オレは物忘れが激しい。だから、これを一通り記しておき、きみに記憶しておいてもらえば、オレ自身がすっかり忘れたとしても安心だ。

第二に、これはオレがずっと抱きつづけていたテーマ、つまり「自分はなんのために生きているのか」といったことへの、そのまま大きなヒントになるだろうからだ。

第三に、これはよけいなお世話かもしれないけれど、きみが〝オレたち〟を知り、きみ自身の成長に役立てるうえで、この記録はちょうどいいサンプルになるはずだと思った。

ゆえにこのファイルは、あの事件の大きな流れだけでなく、オレ自身の個人的な回顧がその大部分を占めると思う。だから、人類を危機におとしいれた事件とは思えないほど軽薄で不謹慎なタッチになるだろうし、本筋とは無関係な内容が多すぎて第三者には混乱を与えるかもしれない。それでもやはり、オレはこういう形で書き残すことを選びたい。

前置きが長くなったが、あの壮大な〝自殺騒ぎ〟の話をはじめよう。

オレがはじめて人間の死を目の当たりにした、あの日の記憶から――。

# 01　ホワイト・ヒート

小学校五年生。一〇才。

「――レディースエンジェントーメン！」

だだっぴろい駐車場に、ミカソンの黄色い叫び声がこだました。六〇人ほどの参加者がいっせいに歓声をあげる。全員小学生だから、その歓声は異様なまでに甲高（かんだか）い。

ここは再開発が決まった工場跡地で、住宅地からはほど遠かった。さらに時刻は早朝の五時。ひとけはないにひとしく、誰の目も気にする必要はなかった。

夏休みの大イベント、カブトムシバトル。主催者はオレとイソベンとミカソンの三人。

二匹のカブトムシを丸太に放ち、どちらかが落ちるまで闘わせるというシンプルな対戦ゲームだ。去年、オレとイソベンの二人で熱中していたところへギャラリーが集まり、勝敗に賭けが加わって一気に白熱した。それが今年はカブトムシのブリーダーが増え、トーナメント制でグランプリを競う大会にまで発展し、ギャラリーも五〇人を超す勢いとなった。

「いよいよグランドファイナル七連戦のスタートです！」

ミカソンが意気揚々と叫んだ。女子のくせに申し分ない迫力。彼女は途中で割り込んできたうえに、いつの間にか司会のポストをもぎとってしまった。

とはいえ、ミカソンが加わったのは結果的によかったのかもしれない。女っ気があることで、ずいぶんと印象は変わった。

「それでは！　ルール説明から！」

ミカソンが腕を振りかざし、長いポニーテールを宙に舞わせた。となりで鼻をふくらませていたイソベンが、ミカソンからマイクを受け取る。

オレの名は日那多雄（かなたゆう）。仲間からはユウと呼ばれることが多い。頭脳明晰（めいせき）、運動神経抜群、と自分では思っているけど、なにしろ物覚えが極端に悪いため、周りからの評価は記憶にない。先生たちにもよく呼びだされ、過激なイタズラを注意されるらしいが、それももちろん記憶にはない。

そして、今マイクを持ってしゃべっているのがイソベン、磯山勉（いそやまつとむ）。小五とは思えないその見事なオールバックは、ガリ勉キャラだけにはなりたくないという本人の強い意志の表れだ。先生はイソベンを「わが校で二年に一人の秀才になるかもしれない」という難しい言い方で賞賛していたが、まあとにかく、それなりに頭がいいということだろう。

ミカソンは、名前を美加村（みかむら）マイコといい、生まれてから一度も切ったことがないという長いポニーテールがトレードマークの〝活発な〟女の子だ。〝活発な〟を強調しているのには深いわけがあるが、一応女子には気をつかって、このくらいに留めておく。


「カブトは体重（ウェイト）と種類（エンブレム）によって四階級に分かれます。最初はフライ級、次にバンタム級、そしてライト級。ここまでが日本のカブトムシ、それぞれ六匹の戦士（ウォリア）によるトーナメント戦です！　最後のスーパーヘビー級は、本場タイ産のカブトムシ、ヒメカブトによるバトル！　こちらも六匹の騎士（ナイト）によるトーナメント！」

イソベンはそこまで一気に言うと、髪の毛に手ぐしを入れ、ギャラリーの歓声が静まるのを待った。そして、ここからがもっとも重要なルール。

「賭け金は、一口一〇〇円、一度に一〇口まで！　各トーナメントの優勝者を予想して、ガンガン賭けてください！」

――イマドキの子供が、単なるカブトムシバトルでここまで熱狂するほど純朴なはずはなかった。そう、オレたちがやっているのは、カブトムシ賭博だ。ただし、賭けの目的はお金じゃない。お金が増幅してくれる真の熱狂こそが、このイベントのメインだった。

最後にオレがマイクを握り、ここでのできごとは絶対に誰にも言わないこと、連れてくる友人は信用できる者にかぎること、ムリな賭けはしないことを注意する。オレたちは「ある団体の下で」この賭けをやっていると言ってみなを牽制していたが、それはうそだ。だが、そう言っておくことで不正行為を禁じ、大人への告げ口を防止することができた。

オレたちはじつにうまくやっていた。

そして最後、オレが「注意事項」の締めを叫ぶ。

「――ご利用は、計画的に！」

ウオオオオッ！　ボルテージは最高潮だ。ミカソンがマイクを持ち、続ける。

「では！　グランドファイナル七連戦！」

「――開幕です！」

最後はオレとイソベンとミカソン、三人で言い放った。

「さあ！　六匹の戦士が入りましたあ！」

ミカソンが意気揚々と叫んだ。パドックを模したカブトムシとブリーダーの〝顔見せ〟、次いで対戦カードの発表。ギャラリーたちはすぐにケータイでＷｏｒＬＤ（ワールド）へログインし、情報を確認しはじめた。

ＷｏｒＬＤ――。

それは、現実の都市と同様の空間をネットワーク上にそっくり再現した仮想現実都市（メタバース）。オレたちの遊びは、もはやこれなしにはなにもできない。鬼ごっこひとつにしても、遊んだあとにこの都市に記録を残し、仲間たちと思い出を共有する。塾通いだ、習いごとだといった理由で集まれないやつらと遊ぶのは、いつだってこの都市の中だ。

そしてカブトムシ賭博は、このＷｏｒＬＤによって飛躍的に利便性を増した。

昨年までは仮のオッズをつけた状態で紙のチケットを一回り発売し、その売上によって電卓でオッズを修正し、その結果を見てもう一回りチケットを発売する……という方法で運営していた。だが当然、手間はかかるわ計算はまちがえるわで、トラブルは続出した。

だが今年は、ＷｏｒＬＤ内にあるＴｏｋＹＯ（トーキョー）という都市の一画をイソベンがレンタルしており、そこにチケット売り場の会場を設けた。残念ながら見かけの派手さのわりにシステム自体は単純なインフォメーションパネルとチケット販売機しかないが、フリーライブラリのソフトを使った自動決算システムを搭載していて、電子マネーのやりとりとオッズの計算を自動でやってくれる。もちろんその区画内にはここにいる参加者しか入れない。みなケータイで自分の分身(キャラ)を操ってそこに集まり、カブトのこれまでの戦歴を確認し、一口一〇〇円のチケットを購入するという仕組みだ。

「さあ、残りはあと三分！　オッズにご注目ください！」

チケットの投票時間は五分。ギャラリーはそれぞれ自分の携帯電話を凝視し、口々にうめいたり奇声を発したりしながら、目当ての選手の馬券ならぬカブトムシ券を購入していく。

「さあいいですかあ？　八、七、六、はい、まもなくです！　三、二、一、はい！」

「終了でーす！」

こういうキメの部分は必ず三人で叫んだ。じつはこういうところが一番楽しかったりする。そしてイソベンはケータイをすばやく操作し、最終のオッズを読み上げた。

すべてが順調に進んでいた。

参加者の熱狂は凄(すさ)まじかったが、みな従順だった。ルールを守ることが参加資格であり、はずれた行為はイベント自体を消滅させてしまうことを、みんな理解していた。

問題はまったくなかった。——最終日までは。

「さあ！　いよいよ夏休みも最終日！　ついにヒメカブトの決勝戦です！」ミカソンの声はもはや雄叫び（おたけび）になっていた。「それでは、選手の入場です！」

オレは片腕をがっしりと天に突きだした。イソベンも苦笑しながら歩みでる。

ミカソンにマイクを預け、オレとイソベンはブリーダーとして対峙（たいじ）した。

「決勝に進出した最強の騎士（ナイト）は、日那多雄の『小麦色のアイツ』と、磯山勉の『ダイヤモン』！」

観客の熱狂に、イソベンが嬉しそうな顔をした。今日はまた格別のオールバックだった。

オレたちが決勝戦に残ったのは、ヤラセでもイカサマでもない。

去年の夏、ペットショップでカブトムシを買ったオレは、イソベンにもそれを買わせ、戦わせようと持ちかけた。最初は何度やってもオレのカブトが圧勝だった。にもかかわらず、イソベンのカブトはなぜかその後どんどん強くなっていった。

そのからくりはこうだ。イソベンは、そのころすでに一般的になっていた仮想現実都市（メタバース）のＷｏｒＬＤに出入りし、ＴｏｋＹＯ中のカブトムシのコミュニティを回っては有益な情報を集め、エサにカルシウムとプロテインを混ぜるだとか、棒をツノにあてがって弾(はじ)かせるだとか、特訓後にメスを投入して交尾させ、勝利後の快楽を植えつけるだとか、とんでもない訓練をほどこしていたのだ。

　オレも負けじとイソベンから情報を引きだし、それをもとに自分なりのトレーニングを試しはじめた。いつしかオレとイソベンのカブトムシは、天井(てんじょう)知らずに強くなっていったのだ。

　その結果の頂上決戦。ついに因縁の戦いに決着をつけるときがきた。

「いよいよこのバトルフィールドに、二匹の騎士(ナイト)が降り立ちます！」

　ミカソンの声を合図に、オレとイソベンがヒメカブトを置いた。横倒しの丸太の上。手はまだ離さない。

「バトル！　スタートお！」

　三人で同時に叫び、オレたちはヒメカブトを手から離した。同時に指揮棒の小枝で、丸太の側面を激しく叩く。二匹のヒメカブトは指揮棒の動きにあおられ、腹部を伸縮させてキューキューと鳴き、中央に向かってゆっくりと歩きだした。

　ヒメカブトの闘争心はハンパではない。日本のカブトムシとは比べものにならない。ルールは五分一本勝負で、丸太から落とされたら一本で即ＫＯ、相手に持ち上げられ足が丸太から全部離れたら技あり。技あり二つで一本だ。日本のカブトムシはそれでも勝負がつかずに判定になることもあったが、ヒメカブトにかぎってはすべてがKO試合だった。

オレの小麦色のアイツが、ダイヤモンの腹の下にツノを深々とさし込んだ。そのまま、ぐいい、と持ち上げようとしている。よし、いいぞ！

「ねばっている！　ダイヤモンがねばっている！　おっと！」

なんとダイヤモンが、足をふんばって地面を抱き寄せ、腹をこすりつけている。小麦色のアイツのツノがはさまったまま押しつけられているため、てこの原理でアイツの体が浮き上がった。

「よしいけえ！」イソベンが叫んだ。「必殺！　マウンテン・ノー・ムーブ！」

「うおおお！」オレは棒を叩きまくった。「待て、待て、……ぎゃあああ！」

やられた！　アイツの足が丸太から離れてしまった！

「技ありぃ！」ミカソンがすかさず吠えた。「ダイヤモン！」

「よっしゃあ！」

イソベンがガッツポーズを繰りだす。オレは目を見開いた。

戦いは続行中だ！　アイツはまだツノをおさえつけられ、体を浮かせたまま足をじたばたと動かしていた。まずい！

「そのまままいけえっ！」イソベンが叫んだ。「必殺！　マグニチュード・テン！」

ダイヤモンが、一転してザッと身をひるがえした！　力をとかれたアイツが、バランスを崩して……左側に落ちる！

「一本！　ダイヤモ……！」ミカソンが声を詰まらせた。「いや⁉」

「なにいー⁉」イソベンが体をのけぞらせた。「そんな！」

小麦色のアイツは、丸太の側面にしがみついていた。あの速度ですべり落ちながら、かろうじて一本の足で丸太をひっかけ、体勢を立てなおしていた。

「おおーっとアイツが！　すごい速さで！　ダイヤモンを！」

「ぎゃあああ！」イソベンがたまらず叫ぶ。「そこはあ！」

アイツがダイヤモンの右側面から突進し、胸部と腹部のあいだへツノを突き刺した。

そこは鋼鉄の鎧のつなぎめ、もっとも柔らかい、隠された弱点だ。

「きたあ！」オレは思わず叫んだ。「奥義！　まるでフェンシング！」

腹部を突き刺されたダイヤモンが、たまらず体をのけぞらせた。

「おっとダイヤモンの右足が！」ミカソン。「丸太から離れて⁉」

よし、今だ！

「奥義！　まるでロケット花火！」

オレの指揮棒の動きにアイツが俊敏に応えた。かたむいたダイヤモンの腹の下へツノをさし込み、そのまま上へと跳ね上げる！

「ぬおおおっ！」

イソベンが目をむいた。スパーンッ、と宙を舞うダイヤモン。

「一本！　小麦色のアイツ！」

ウオオオオッ！　歓声がどよめいた。

「まだだ！」かきわけるようにして、イソベンの叫びがこだました。「みろ！」

宙を舞ったダイヤモンが、あろうことか、丸太の上に着地した。

「訂正します！」ミカソンの声が裏返った。「今のは、技あり！」

丸太から落ちないかぎり、一本にはならない。なんということか。あの技を受けて、そのまま空中で身を立てなおすなんて。

「さあ、仕切りなおしだ！」イソベンの目が充血していた。「ここからが、本当の勝負！」

「のぞむところよ！」

フィールド上では、ふたたび二匹のケダモノが対峙した。ここは下手に動けない。出方を待つか、それとも……。

小麦色のアイツが先に動いた。ダイヤモンがその場で身がまえる。ふたたび中央で、二匹は激しく衝突した。その瞬間――

どんっ！

丸太が、誰かに蹴られた。

その衝撃で、丸太と二匹のヒメカブトがテーブルから転がり落ちた。

「――な⁉」オレは顔面蒼白になって丸太に駆け寄った。「なに……？」

見知らぬ少年が立っていた。観客は静まり返った。

「誰だよおまえ！　なんなんだよ！」

オレたちは叫び、ヒメカブトを探した。二匹とも、なんとか無事だった。ヒメカブトを拾い上げ、少年を振り返った。あまり見ない顔。小学生じゃない。どこの誰だ？

少年が憎々しげな口調で叫んだ。

「いいかげんにしろよてめえら！　てめえだな、この場をしきってるクソガキは」

少年がイソベンに近づいた。オレは黙ってその顔をにらみつけた。観客はただ立ちつくしていた。ミカソンが眉をつり上げて一歩前に出た。

そこへ、さらに二人の少年があらわれた。

「おまえら、ギャンブルは犯罪だって知らねえのか？」

「警察にぶちこむぞ？　ここにいる全員、少年院行きだぞ？　わかってんのかあ！」

怒鳴り声が駐車場に響きわたり、観客たちから悲鳴があがった。

「なによ……」ミカソンが声を震わせた。「あんたたち、中学生でしょ。自分たちだって」

「なんだよてめえは！　女は黙ってろ！」

ミカソンは目を見開き、ポニーテールのゴムに手をかけた。眉をつり上げたまま、そのゴムを一気に引き抜いた。長髪がほどけ、バサリと両脇にたれると同時に、負のオーラが放たれた。腰まで伸びる漆黒の隙間から、濡れた目玉と半笑いの口がのぞいた。

「アアーッ！」

ミカソンが絶叫しながら、少年の一人に頭から突っ込んだ。

少年は地面に倒れ、後頭部を打ちつけた。痛みで歪んだ顔が、怒りで赤らんだ。ミカソンはそのまま馬乗りになったが、次の瞬間ひっくり返された。ばちんばちんばちん、と少年がミカソンを殴った。オレはその背中に飛びついた。後ろから首をしめ、ミカソンから引きはがした。そこで、背中に激痛が走った。別の少年が、何度もオレの背中を蹴った。

ミカソンは地面にうずくまっていた。鼻血が出ていた。オレはそのそばに転がされ、また何度も蹴られた。地面を転がりながら、観客が逃げていく姿を見た。

「ふざけんなよてめえら！」最初の少年が叫んだ。「おいクソガキ！　ケータイ出せ」

「……え」

イソベンは顔を強張らせ、あとずさった。少年は自分のケータイをイソベンに突きつけた。

「集めた金をよこせ。おれのケータイに、全部送金しろ」

「……！」

イソベンはオレを振り向いた。その膝が、がくがくと震えていた。歯を食いしばり、泣くのをこらえながら、ポケットの中のケータイを握りしめた。

「おらあ！　早くしろよ！」


帰り道は、三人とも無言だった。なんとはなしに、公園に寄った。

ミカソンの鼻血はすでに止まっていたが、しきりに頬をさすっていた。オレはゆっくりとベンチに腰をおろし、ふうう、と息をついた。それだけで背中や横腹に激痛が走った。

「──ねえ、あいつら」ミカソンがつぶやいた。「けっきょく告げ口するんじゃない？」

「いや」オレも小声で答えた。「大丈夫でしょ。お金が目的だったわけだし」

イソベンを見た。少しは落ち着いたように見えるが、その目は暗く沈んでいた。

「いるんだよ、ああいうやつ」イソベンがぼそぼそと言った。「人が楽しんでるところを、作り上げたものを、全部めちゃくちゃにして……なにもかも奪っていくんだよ」

オレはゆっくりと伸びをした。体中に電撃が走り、息が止まる。でも、この激痛を気持ちよさに変える方法があるはずだ。

「とりあえず悔しいよねー。わたしもう、儲かったお金で買うもの決まってたのにな
あ。ぜーんぶわたしちゃうんだもん、イソベン。取り返してきてよ」

「なに言って……」

きた！　これだ。息を止めながら腰を回して、歯を食いしばって集中すれば……。

「なにやってんの、ユウ」

「あ、いや」オレは我に返った。「なんか、痛いのが気持ちよくなってきて」

「マジかよ。ありえないでしょ」

イソベンが吹きだし、ミカソンがニヤリと笑った。

「――ていうか、もう帰ろうよ。お腹すいた。そろそろ朝ご飯の時間だし」

ミカソンが言うと、イソベンが笑いながらうなずいた。オレもうなずいて立ち上がった。


そうしてオレたち三人は、その公園を出ようと歩きはじめた。

今でもそのシーンはスローモーションのように焼きついている。

前の通りの右側から、自転車がゆっくりとやってきた。サドルの後ろには子供用の椅子がつけてあり、女の子が乗っていた。左からはワゴン車がスピードを落としてすれちがおうとしていた。母親がニコニコしながら運転していると、女の子が突然立ち

上がった。

自転車がぐらりとバランスを崩し、母親がブレーキをかけた。自転車が止まりかけた瞬間、女の子が椅子の背もたれに足をかけてジャンプした。

やあ！　というかけ声が聞こえ、女の子の体は勢いよく宙を舞った。

着地点は、ワゴン車の先端だった。

車のブレーキ音と、胸を裂く絶叫が、周囲にこだました。

オレたち三人は硬直し、立ちつくした。

ミカソンが悲鳴をあげ、イソベンが車に駆け寄った。そのあとは記憶がとだえている。

ニュースでは自転車の転倒事故とされたようだったが、むろん違った。オレたちは眼前で、わずか四才の子の信じがたい意志を目の当たりにした。それはまぎれもなく、

——自殺だった。

## 02　スリルと死と

小学校六年生。一一才。

六年生になってからは、オレたちの遊びはさらにエスカレートした。カブトムシバトルにかわって、鬼ごっこ、かくれんぼ、ドッジボール、紙飛行機レース、すべてに賭けをからめて興奮をばらまいた。

いつしかオレは遊びの中心的存在になっていた。そしてたくさんの友達と会話する機会が増え、同時に急速に嫌われていった。オレはおそらく、生意気だった。

「虫を殺しちゃだめだ」と言われれば「なんで虫を殺しちゃだめなの、だったらおまえは肉を食うなよ、ゴキブリと住みな」。「屋根に登っちゃだめだ」と言われれば、「屋根に登っちゃだめなのはおまえで、オレはいいんだよ、絶対に落ちないから」。「賭けごとをしちゃだめだ」と言われれば、「おまえが学校に来てること自体が賭けじゃん、勉強ばっかりしたって勝つ可能性は低いぞ」……。

みんなが抱える不満も理解できなかった。宿題が大変だ、あの子の態度がムカつく、先生に怒られた、兄姉がいじめる。すべてどうでもいいことだった。そんなことはすぐに忘れられる。そもそも、そんなことで不満を覚える自分のほうがよっぽど不満になるはずだ。そう思って我を押し通した。

無視されたり殴られたりが日常茶飯事になった。でもたぶんそのつどオレはオレだけに通じる方法で解決していた。

さらにたちの悪いことに、オレはそうした誰かとの会話やもめごとすらいっさい記憶していなかった。もめた数日後には笑いながらその相手と肩を組みにいった。はじめはそれも許されたが、その違和感が集団で共有された時点で、オレへの攻撃は徐々にひどくなった。

要するにオレは、周囲のことをいっこうに気にしていなかった。

気にしないままみんなを集め、刺激を求めて外を駆けずりまわっていた。

あるとき、「ケイドロ」という昔の遊びをアレンジした「ドロドロ」というものをオレが考案した。それは警察VS泥棒ではなく、泥棒VS泥棒だ。つまりギャングチームがマフィアチームのアジトからお宝を盗んで逃げ、それをマフィアが取り戻すために追いかける、というルールだった。お宝にはみんなの小遣いが賭けられていて、終了時に残った分をチームで山分けするため、そのチェイスはけが人がでるほど熾烈を極めた。

その日は、古びた団地の一棟を戦場にして、一六人でドロドロをしていた。

「――くそお！　やられた！」

ギャングとして逃げていたオレは、マフィアの二人に挟み打ちにあい、アジトに連行された。捕まってしまった場合、仲間のギャングが助けに来るまでは動くことができない。

途方にくれて敵のアジト（団地のゴミ置き場）に入ると、そこには先客がいた。

「なに、捕まっちゃったの？」

となりのクラスのサワッチというやつだった。友達が連れてきた友達で、面識はほぼなかった。

「おれもだいぶ前に捕まったけど、誰も助けに来ないよ。つまんなすぎる、このゲーム」

「……え？　ああ、そう？」

淡々とした言葉の響きに、オレは一瞬たじろいだ。サワッチの表情は柔らかかったが、その視線はなぜか冷たかった。思わず目をそらすと、サワッチが地面に唾をはいた。

「なんであいつら助けに来ないんだろうね。死ねばいいのに」

たしかに、助けはなかなかあらわれなかった。アジトの外で、敵の見張り役のジャスティスが同情の視線をよこした。ジャスティスは同じクラスの遊び仲間で、心中を察してくれたらしい。オレとしても、一刻も早くここを出たいという心境にかられた。

「あ、そういえばキミさ」サワッチが半笑いで言った。「父親がいないんだって？」

「え？」思わず顔をしかめ、振り向いた。「……べつにいないわけじゃないけど」

「あれ、死んだって聞いたけど？　じゃあなに、離婚？」

「いや。……今はどっか遠くにいるだけで」

「なにそれ。うそでしょ？　どういうこと」

うそじゃない。ていうか関係ないだろ。オレは声に出さずにうつむいた。

お父さんは今、旅に出ている。オレが一才半のとき、オレを連れて海外を旅したあと、オレをお母さんに戻してまたどこかの国へ行った。詳しくは知らないけど、そんなふうに聞いている。どこにいるのか、なにをしているのかは知らない。

「ちょっとよくわかんないけど、言ってることが」

「わかんないってなにそれ。もしかして、頭悪い？」

オレは適当にはぐらかした。衝突するのも面倒くさいし、あまり関わりたくもない。

「かもね。それよりさあ、なんか……」

オレは別の話題を探しながら、あたりをうかがった。ん？

「あ！　きた！」

中央の入口から、味方のミカソンがこちらへ猛ダッシュしていた。凄まじい形相だった。しかもポニーテールをほどいており、長い黒髪がコウモリの羽のようにはばたいている！

「ひッ」

見張り役のジャスティスが短い悲鳴をあげた。ミカソンは鬼の形相でジャスティスにタックルし、二人とも転がって地面に激突した。

「あちゃー」オレはうなった。「やりすぎだろそれ……」

そのとき、背後から誰かにタッチされた。

みごとな連携、豪快な囮（おとり）プレーだった。野生児と呼ばれるジャスティスが、苦い顔をして地面に突っ伏す。オレたちは味方のタッチを受け、拘束から解放された。

オレとサワッチはダッシュで建物のはじへと駆け込んだ。遠くでイソベンが追いかけてくるのが見えたが、裏の階段を駆け上がって振りきり、一気に最上階へと向かった。

一三階に着いた。あたりの様子をうかがったが、人の気配はない。廊下の塀から下を見下ろすと、はるか下からイソベンやミカソンの怒声が聞こえた。

「これでまあ、一安心だな」オレは息をついた。

さあ、どうするか。どこかに身を潜めるか。それともミカソンを助けに行くか。

オレは考えをめぐらせながら、サワッチを振り返った。

え！

「ちょっと！」

不自然な光景だった。

サワッチが、五メートルほど後ろで、廊下の塀をよじ登っていた。

「なにしてんの！」

オレは小声で叫んだ。

サワッチが、笑顔でこちらを振り返った。

「おれ、もう死ぬわ」


……え？


視界が、ぶるっ、と揺れた。

そこに、サワッチの姿はなかった。

サワッチはオレといて、目の前で飛び降りた。

もしかしたら、オレがなんらかの原因になっているのかもしれない。

そうした意識がぬぐえず、かといってなにが原因なのかもわからず、ただ混乱した。

警察の調べでも、サワッチには自殺の動機がまったくなかった。家庭は円満、学校生活も順調、成績は平均以上。ごく普通の小学生で、自ら命を絶つ必然性は皆無だった。

にもかかわらず、事態はすぐに収拾した。警察はサワッチを「衝動的な自殺」と見なし、関係者にすみやかに報告をして去った。あまりの呆気なさに、オレは混乱した。

自殺はそんなに簡単なものなのか。


二週間後、同学年の佐々木智也が自殺した。

佐々木智也とはほとんど関わったことがなかったが、あとで聞いた話では、彼にも動機はまったくなかったらしい。裕福な家庭で恵まれており、いじめもなければ孤独でもなく、将来も有望ですべてが順調だった。

警察は、これも同じく「衝動的な自殺」だと発表した。


どうやら、全国的にこのような自殺者が増えているようだった。

サワッチも佐々木智也も、「大勢のうちの一人」にすぎなかった。

## 03　人間てなあに？

小学校卒業。一一才。


オレたちは、体育館に整列して座っていた。

小学校を卒業するということについて、オレはそれまでずっと無関心だった。どうせほとんどのやつとはその後も会うだろうし、学校が違っても、ＷｏｒＬＤにはいくらでも遊び場があるから、そこで顔を合わせるだろう。だからとくになにも変わらない。むしろ中学でまた新しい友達が増えるのが楽しみだ。

そんな心境だったから、卒業に関してはなにも意識していなかった。

「――卒業生一同、起立！」

だがここで整列した瞬間、意味をさとった。

新しい環境に飛び込むということは、それまでの環境が古くなる、ということだ。

自分の中で区切りをつけて、先へ進むということだ。人間関係は変わらなくても、みんなの胸の内が変わるということだ。

こうして仲間たちの顔を見わたして、その事実を肌で感じた。

「唱歌、斉唱！」

この学校にあったみんなの感情が、古いものになる。この場所から離れてしまうと、オレは思いだせなくなる。みんなの顔からほとばしっていたものが、これからは別のものになる。

仰げば尊し　我が師の恩　教の庭にも　はや幾年

オレは声を絞りだしながら、みんなの歌声を聞いた。そこには大人の声も混じっていた。

先生たちとも、もう会わなくなる。みんな意味不明なオレを理解しようと、毎日奮闘してくれた。これからはもうどんなに無茶をしたって、決してぶつかってくることはない。

思えばいと疾し　この年月　今こそ別れめ　いざさらば

合唱が振動のように窓を揺らした。空気が濃くなって、ゴムのにおいが鼻をついた。

喉が詰まり、声が出なくなった。それでも合唱は鳴り響いた。

オレはうつむいたまま、顔を上げることができなかった。

——目から、汁が出ていた。

「卒業生一同、着席」

全員が、ゆっくりと椅子に座った。その音が、耳にこだました。

みんなの顔を振り返りたいのに、できなかった。

——鼻からも、汁が出ていた。


卒業式が終わって家に戻り、持ち帰った卒業アルバムをパラパラとめくった。

すでに記憶にない過去のシーンを眺めているうちに、いつしかオレはふたたび学校に向けて走っていた。一年生のときに埋めた「タイムカプセル」のことを急に思いだしたのだ。

そいつを今、どうしても見たい。見たくなったらもう、止まらない。

職員室の中に教頭先生を発見すると、オレは頭を下げ、できるだけ毅然（きぜん）とした態度で事情を説明した。

ストーリーはこういうものにした。小学校卒業を機に、親の都合でエジプトにわたることになりました。さっそく引っ越しの準備をしてたんですけど、ふとタイムカプセルのことを思いだしたんです。たぶんぼくは、この先何度も引っ越すことになりそうです。何十年か後も、日本にいないかもしれません。だから今ここにいるうちに、思い出をもらっておきたいのです。

教頭はカギを取りだした。タイムカプセルとは言っても、校庭に埋めるとはかぎらない。カプセルはカギつきの容器で、校長室の奥の金庫にしまってあるだけだった。

そうしてオレは、自分の手紙の入ったクリアケースを受け取り、家に舞い戻った。

うそがばれたところで、いつものイタズラとしか思われないだろう。

クリアケースの中には、自分への手紙の便箋（びんせん）と、ヒーローなのかモンスターなのかわからないなにかの絵と、お父さんの写真が入っていた。

お父さんの写真！　こんなところに……。ずっとなくしたものだと思っていた。

一瞬自分の行動に幻滅（げんめつ）しかかったが、すぐに思いなおした。なくしてはいけないと思ったからこそ、ここに入れたという懸命さ。小一とは思えない大英断ではないか。

そうして、便箋に手をかけた。本来ならば三六才の自分に向けた、未来への手紙。

みらいのかなたゆうへ

ぼくのとなりのいえでは、いぬがかっています。すごくうるさいし　かんでくる。

ころしてやりたい、とおもっていますだからきっと、ころすとおもいます。30ねんのみらいじんのぼくは　スーパーせんとうりょくとすいそくされます

なんだこれは！　なんの話だよ！

せかいのまんなかにはゆめのしまがあるといわれていますぼくはきっとそこへいくでしょうそして

言われてねえよ！　句読点を打て！

そして　からだじゅうきずだらけになっても　がんばってかえってくるでしょう

なにがあったんだよ！

煙草は体に良くない。お酒も体に良くない。私には、もっとふさわしい楽しみがある。

なんの広告だよ！　あきらかになにかを写してるだろ！

30ねんごのぼくがかんがえてることは　だれにもわかりませんだから　こどもがいるかもしれないしいないかもしれません、しごとがなにをしてるのかすいそくふかのうだ　してないかもしねません、でも

アホに戻った。つーかなに思いつめてんだよ！

でも　いまぼくがおもうことは、おとうさんみたいなにんげんに　なってたらいいなとおもうことです。　おわり

終わりかよ……。

オレはアホだったのか。今はじめて知った。しかもこれ、未来の自分への手紙ではなく完全に先生に提出する作文になっている。人の言っていることを聞いていない。それであんなにいじめられていたのか。

用紙はまだまだ続いている。オレはページをめくり、次を読んだ。

小学校卒業、おめでとう！　元気でやっているか、雄。


突然、筆跡が変わった。便箋の色も変わった。

あわてて用紙をぱらぱらめくると、そこからの五、六枚がまったく別のものだとわかった。別の手紙が、なにげなく足されている。

鳥肌がたち、腹の底がざわざわと鳴った。


何年も音信不通で本当にわるい。俺が誰だか、もうわかってるよな？

じつは昨日、おまえと久しぶりにたくさん話した。三時間くらいかな。でも覚えてないだろうな、おまえは。まだ五才だからな。

それで、またしばらく会えなくなるから、今こうして手紙を書いている。おまえがもう少し成長したら、言っておきたいことがあると思ってね。

俺は、本当はおまえらと一緒に暮らしたい。ただ、やらなくてはいけないことに気づいてしまって、そこにいられなくなったんだよ。でも、それについては今言ってもしょうがないから、また今度話すよ。


今言っておきたいのは、俺がずっと考えていることについて。おまえにも考えてもらいたいんだよ。ちょっと一人じゃ心細いから、一緒に考えておいてほしい。

それはな、

「人間って、なんだろう？」

ということだ。

質問は簡単、でも答えが難しい。というより、いろんな答え方がある。

人間はどういう生き物なんだろう。ほかの動物とはどこがちがうのか。これまでどういうことをしてきて、これからどういうことをするのか。

なんのためにいるのか。なにをすべきなのか。

そんなことを考えていると、おまえのこれからの勉強も楽しくなるよ。


人間は賢くて、愚かだ。友愛的で、獰猛(どうもう)だ。不思議な生き物だよ。自分が生きるためにはなんでもするけど、自殺もする。笑うことが大好きだけど、泣くことも大好き。無心の悟りを得たり、発狂したりする。そんなの、動物の中では人間だけなんだよ。

人間って、なんだろうね？

そういうことを頭の隅においとくと、今後いろいろ楽しかったり楽しくなかったりするぞ。まあ、ちょっと面倒くさいかもしれないけどな。

でもさ、なにも考えずなにも知らずに、目の前のことだけで生きてるんだったら、それはアリやクラゲと変わらないとは思わないか？　おまえの好きなカブトムシと、一緒だとは思わないか？


ということで雄、俺はそろそろ行くとするよ。

またしばらくは会えないと思うが、元気でな。そのうちまた手紙を出す。

それじゃ。

七年前の一〇月　駅前のファーストフードにて
加是（かぜ）　広助（こうすけ）

頭が熱くなり、血が逆流してきた。

写真の中のお父さんが、脳裏をぐるぐると回った。オレはどぎまぎしながら、何度もその手紙を読み返した。

どういうことなのか、見当がつかなかった。

お母さんが戻るなり、オレはこのことを報告した。

「お父さんからオレに手紙が！」

オレは便箋をひらひら振って、お母さんに駆け寄った。

「え？　あら！」お母さんは目を丸くした。「めずらしい」

「めずらしいっていうかはじめてでしょ！　すごいんだって！」

「なに、なんて書いてあったの？」

お母さんはジャケットを脱ぎながら椅子に座った。オレは手紙の内容を一気にまくしたてた。

「ふーん」お母さんは両肘をついて顎をのせた。「なるほどねえ」

「で、この手紙、すごいのがさ、郵便とかメールで送られてきたんじゃなくて、オレが発見したんだよ。まったくの偶然で！　学校のタイムカプセルに入ってたんだよ！　三〇年後に開けるはずだったのに、うそついて持ってきたら、その中に入ってたんだって！　でも、卒業おめでとう、てここに。で、『七年前の一〇月』って書いてあるし！　偶然見つけたはずなのに、偶然じゃないみたいじゃん！」

「うん。わかってるけど。そっか、七年前の手紙かあ」

「なに、なんでそんな冷静なの！」

オレはいらいらしてお母さんを揺さぶった。お母さんはくすくすと笑いだした。

「だってたぶんそれ、広助にとっては簡単なことだと思うよ。サンタに変装して、枕元にプレゼントを置くのと一緒だわね」

「ええ？　どういうこと？」

「そういうこと。あんたのお父さんってのは、そういう人なの」

「はい？」

お母さんは一人で、ふふふ、と笑った。

でたー。己基準の納得ー。

「なんなのそれ。なにがなんだか……」

まったくもって、わからなかった。お父さんにしろお母さんにしろ、どこか意地が悪い。

「あのね雄、ここに書いてあるじゃん、人間てなんだろうってことを考えといてくれ、て。そのへんを考えてれば、この手品の種もわかるんじゃない？」

「はあ？　わけわからないんですけど！」

オレはしばらく考えたが、あきらめて別のことを聞いた。

「加是、て？　お父さんの名字だっけ？　なんでオレたちとちがうの」

「籍をぬいたからよ」お母さんは微笑みながら答えた。「だからといって家族の関係になにも変わりはないけど、法的には離婚したことになってるかな。広助がそうしたいって言うから」

「……で、お父さんは今、なにしてるの？」

お母さんはきょとんとした顔でオレを見た。「さあ、知らない」

「なんで知らないの？　連絡とってないの？」

「最近は連絡ないね。あってもね、今どこどこにいる、ここはこんなところだ、みたいなことしか話さないしね」

「どこにいるの今」

「さあ。でもこの手紙、七年前であんたが五才ってことは、デンマークに行く前ね。それからスウェーデン、シンガポール、フィンランドか。今はもうさっぱりわからないね」

「なにしてんのかな。『やらなければいけないこと』って、なにか重要なことでしょ？」

「――雄」お母さんはオレの肩に手を置いた。「本当にわたし、なにも聞いてないんだよ。信じられないのもわかるけどさ」

「……マジ？」

お母さんは眉毛をひょいと持ち上げ、当然のことのように言った。

「聞いてもしょうがないことは、あえて聞かない。だから、知らない」

## 04　孤立する者

中学校一年生。一二才。

そうしてオレは着慣れないブレザーに身を包み、なんとなく中学生になった。見慣れない校舎、少し広い校庭、少し大きい机。

イソベンとミカソンとジャスティスとは同じ中学になったが、クラスは別になった。そのせいもあって、目に映るものすべてが新鮮に見えた。

ようやくみんなのことを覚え、授業にも違和感を感じなくなったころ、それを知った。うちのクラスに、いきなり登校拒否をしている生徒がいる。となりの小学校の出身だが、六年生のころもほとんど学校に行かなかったらしい。

ある夜、たぶん七時くらいだったと思う。

オレは学校帰りにコンビニに寄って、なんとなく雑誌を立ち読みしていた。そのとき、後ろから突然声をかけられた。

「それは、ライガーです」

同じ中学生のようだった。身長はオレと一緒くらいだが、やたらと美形で目が茶色かった。

「え？」

雑誌に視線を戻したが、なんのことかわからなかった。

「ライガーです。ライオンのオスとトラのメスを掛け合わせた、地上最大の肉食獣です。顔がライオンなのに、縞模様があります。たてがみもライオンより短いのです」

「はあ？」

混乱して雑誌を見わたした。どうやら、モデルが着ているTシャツのアニマルプリントのことを言っているらしかった。

「雑種なのでオスには繁殖力はないけど、メスは稀に子供が産めます。ただその場合、ライガーとしての特徴は薄れます。純粋なライガーは、体重が六〇〇キロ以上なのです」

オレは薄気味悪くなってそいつの顔をもう一度見た。まちがいなく知り合いではない。思いきり顔をしかめてやったが、なんの反応もなかった。そいつの体から、甘酸っぱい変なにおいがした。

「ぼくはライガーよりもタイゴンのほうが好きです。外見はトラに似て、大きくはないですが、獰猛です。戦ったら、まちがいなくタイゴンが勝ちます」

オレは無言で雑誌を戻し、コンビニを急いで出た。そいつから逃げたかったのに、なぜかそいつはあとを追ってくる。

「言い忘れました。タイゴンはライガーとは逆で、トラのオスとライオンのメスの掛け合わせなのです」

「なんなんだよ」立ち止まって振り向いた。「なに言ってんの？　おまえ誰だよ」

「え？」そいつは心外そうにきょとんとした。「覚えていないのですか。ぼくは覚えています」

もう一度顔をよく見たが、覚えがない。

「助けてもらいました。小学校五年生の冬、一月二〇日。ぼくが道で落とし物をして困惑しているとき、あなたが見つけてくれました。足で蹴って、知らせてくれたのです」

「……。なんのこと？」

「ぼくは高井ダニエルです。これ、覚えてませんか？」

そう言ってポケットからなにかを取りだした。黒い石のついたキーホルダーだった。

「いや、知らんけど」オレは眉をしかめた。「ただ、歩いてて蹴っちゃっただけじゃないの……」

「そうです。五年生の、一月二〇日です。このキーホルダーはおばあちゃんにもらったものです。おばあちゃんは前の年に死にました。心筋梗塞(こうそく)です。このキーホルダーは、死ぬ前の日に買ってもらいました。それまでなにも買ってもらったことはなく、うるさくてこわいおばあちゃんだったから、すごく嬉しかったのです」

そんなこと聞いてねえし。ていうかだから、蹴っちゃっただけなんじゃ？

「この黒曜石(こくようせき)には、おばあちゃんの魂が封じ込められた可能性があります」

「なんの話だよ！」

オレは薄気味悪さを通り越して吹きだしてしまった。

なんなんだこいつは。

なぜかそのまましばらく会話をし、どういうわけか翌日にまた会う約束をしてわかれた。

次の日学校で、例の不登校生徒の名前が、高井ダニエルだということがわかった。

それから三日ほどがたったあと、学校帰りにダニエルの家へ寄った。

すると玄関を開けるなり、ダニエルが怒りの形相で詰め寄ってきた。

「いったい何日待たせれば気がすむんですか！　次の日に来ると約束したはずなので

す！　ユウくんはぼくの生活をめちゃくちゃにする気ですか！」

「ああ？」

そこまで激怒される理由が見当たらなかったが、そもそもこいつの存在自体が見当つかないため、考えるのをやめた。

「悪いな」ダニエルの肩を叩いて謝った。「ちょっと忙しくて」

「さわらないでください！」

手をぴしゃりとはじかれた。あまりの理不尽さに思わず爆笑した。

階段をのぼって二階にさしかかったとき、奥のドアから一人の女の子が顔を出した。

「あれはぼくの姉貴です」ダニエルが言った。「たまにむかつくタイプの女なのです」

お姉ちゃんは会釈（えしゃく）もせずに黙ってこちらを見ていたが、やがてドアを閉めた。

「姉ちゃんか。高校生？」

ちがいます中学三年生です、とダニエルは振り返り、さらに無表情に言い放った。

「姉貴はたまにむかつくタイプの女だけど、ふだんはいい女です」

「おい」オレは吹きだした。「いい女って……、使い方ちがうだろ」

「ここがぼくの部屋です」

そうしてダニエルは部屋に入るなり、背を向けて自分の机に座り込んだ。そのままなにかの作業をはじめたので、オレは手持ちぶさたになって部屋を見わたした。

棚には生物の図鑑や映像メディア、それと建築物や造形物の資料が並んでいた。別の棚には、アニメのメディアやらフィギュアやらが、乱雑だか整然だかわからない微妙さで配置されていた。よくよく見ると、その棚も勉強机もダニエルによる手づくりのようだった。塗装が本格的すぎるため気づきにくいが、必ず隅っこにダニエルのサインが彫ってあった。

感心してダニエルの様子をうかがうと、なにかの工作に熱中していた。微動だにせず、彫刻刀やカッターを駆使して、しきりに木を彫っていた。

「なに、ゴリラかなんかの彫刻？　すげえじゃん」

「静かにしてください」ダニエルは振り向きもせずに言った。「なぜ邪魔をするんですか」

「いや、べつに邪魔はしないけどよ。なにかって聞いてるだけだろ」

「決まってるでしょ。ボルネオオランウータンの子供なのです」

そんなこんなでダニエルはけっきょく終始無言で工作に没頭し、しまいには机に突っ伏して眠ってしまった。そのあいだオレは仕方なく図鑑やらアニメやらを物色して過ごした。

やがて、目覚まし時計のアラームが鳴った。夕方の六時だった。ダニエルがガバッと跳ね起き、アラームを止めて服を脱ぎだした。そこでオレと目が合い、無表情に言い放った。

「まだいたんですか」

「はあ？　しょうがないだろ、おまえ寝ちゃったんだから」

「ぼくはこれから風呂に入って六時半に食事をして、七時からビデオを見ます。予定が詰まっているのでもう帰ってください」

「……はい？」オレは力なく笑った。「わかったよ。んじゃな」

立ち上がって部屋を出ると、パンツ一丁になったダニエルが背後でつぶやいた。

「ユウくん、また来てください。今日はすごく楽しかったから」

「……へ？　べつになにもしてねえじゃんおまえと」少し嬉しくなって、自然と微笑みがもれた。「おまえこそさ、学校来てみりゃいいじゃん。まだ一度も来てないんだろ」

「それじゃあ、また」

話聞けよ！

叫ぼうとするオレを無視して、ダニエルはパンツ一丁のまま階下へおりていった。

それから週に三回くらい、ダニエルと遊ぶようになった。

遊ぶといっても、とくになにをするわけでもなかった。ダニエルはいつもなにかの工作をしていて、そのあいだオレはアニメや映像資料を見て暇をつぶした。たまに話をするときのダニエルは熱烈で、自分が興味を持つことはとめどなくしゃべりつづけた。動物のうんちくを筆頭に、アニメのキャラクター相関関係やら、巨大建造物の構造やら、最新プリンタのノズルのメカニズムやら。さらには自分のみっともない話や、家族の恥ずかしい秘密なども、世間話のように包みかくさず話した。

・低学年のころは火遊びに夢中で、家の中でたき火をしたり学校の木を燃やしたりした
・お父さんは寝ながら鼻くそを枕のわきにつける癖（くせ）があったが、そこへ夜中にゴキブリがやってきてその鼻くそを食べていたため、ついにその癖を直した
・お母さんはおならをするときに、こっそり手でおしりを広げてすかしているのがお姉ちゃんにバレている
・生物図鑑の人間の女体（にょたい）に強く興味を持ち、夜中にお姉ちゃんの部屋へ忍び込んで寝ている隙（すき）に乳首をさわったが、気づかれて拷問にあった
・そのときに発覚したが、お姉ちゃんの乳首はひっかきすぎでカサブタができている

好奇心と呼ぶにはあまりにも遠慮がない。
欲求をおさえないというか、自己中（ジコチュー）というか、ある意味天使のような正直さだと解釈すべきかもしれない。だとすると、自分に正直に生きろとか、自分らしさを大事にしろと叫んでいる自我（アイデンティティ）信奉者の人にこそ、ダニエルを見習ってもらいたいと思う。

毎回、六時のアラームが鳴ると遊びの時間は終了となる。ダニエルは朝の六時、一二時、夕方の六時と、一日三回アラームを鳴らすことで、毎日規則正しい生活リズムを保っていた。そのリズムを崩すことは、この世の終わりに匹敵するほどの悪夢であるらしい。

その日も、夕方六時のアラームを合図にダニエルはパンツ一丁になり、バスルームへと走っていった。オレも帰るために階段をおりていくと、廊下の奥から突然声がかかった。

「——ちょっと」

ダニエルのお姉ちゃんが、こちらに手招きをしていた。

「え？」

オレはどぎまぎした。瞬時にカサブタを思い浮かべてつばを飲み込みながら、お姉ちゃんの部屋へと足を踏み入れた。

「――あんた」お姉ちゃんはオレの全身をくまなくながめまわした。「名前なんていうの？」

「え、ああ」妙な警戒心をぶつけられ、思わずたじろいだ。「……日那多、雄」

「ふうん。日那多くんね。で、いったいなにが目的でうちにいるわけ？」

「……いや目的っていうかべつに、ただダニエルと友達で、遊びに来てるだけで」

「ダニーと友達？　本当に？」お姉ちゃんはじっとりとオレをねめつけた。「本当に？」

「ほんとだけど、なんで？」

「だってあいつ、変でしょ。あんまり人の気持ちとかわかんないし、表情や仕草も理解できないし。自分のことだけに集中しちゃうっていうか。だから友達できないし」

「ふうん。……でも」やばい、かさぶたを思いだした。「おもしろいやつだよ」

「あ、まさか……」

お姉ちゃんは腕を組み、目を見開いて言った。

「あいつまた、いろんなこと言ってんの？　あたしのこととか？」

「いやいや、正直だから話がおもしろい、てだけで」

「そんなの最初だけ。ほんとにあいつ、人とのコミュニケーション難しいからね。孤独のほうが好きみたいだし。でもコミュニケーションって、うちらにとっては重要じゃない？」

「うーん」オレは考えながら言った。「コミュニケーションって、他人とわかり合おうとすることでしょ。最初からそれを捨ててるなんてすごいじゃん。うらやましい気も――」

「捨ててるわけじゃないの。本人だってもがいてるよ。理解したいし、理解されたいしね」

「だったらみんな変わらないんじゃない？　自分はうまくできてると思い込んでる人もいるけど、たいして変わらないよ。他人のことがわかる人なんて、いないでしょ」

「はあ？」お姉ちゃんはくすくす笑いだした。「へえ。あんた、めずらしいね」

お姉ちゃんは嬉しそうにポンポンとオレの腕を叩いた。

なんだか緊張してきた。

「――ねえ」お姉ちゃんはオレの肩に手を置いた。「あたしとつき合ってくれない？」

「ええ？」なんですかいきなり。「いや、まあ……え？」

「なに、彼女いるの？」

「いないけど」顔が熱くなってきた。冷静に考えないと。「でも、ムリでしょ……」

「なんで？」

「……だって友達のお姉ちゃんだし、つき合うとかよくわかんないし」

不本意ながらも、顔が赤らんだ。お姉ちゃんは楽しそうに笑っている。そこでまたカサブタが頭をよぎったが、歯を食いしばってそれをしめだした。だめだ。だめに決まってる。

——ただそれを見たいがために、つき合うわけにはいかない！

「まあ、いいや。——とにかくさ」お姉ちゃんは微笑んだ。「ダニーをよろしくね！」

「……うん。よろしくもなにも」

「あいつさ、あんなだけど頭はべつに悪くないし。なにより、いいやつだからさ」

お姉ちゃんがオレの肩を叩いた。オレを廊下まで送りだし、満面の笑みで手を振った。

彼女じゃなくて、オレのお姉ちゃんだったらいいのに。

そう思いながら、オレは階段をおりた。

次の日だった。

学校へ行き教室に入ると、周りがいつもより騒がしかった。教室のはじっこのいつもの空席に、人がたかっていた。そこは、ダニエルの席だった。

——ダニエル？　来たのかよついに！

オレは驚いてその人だかりに目をこらした。

「おい、ダニ野郎！」

ダニエルを取り囲んだ数人が、口々に罵声(ばせい)を発していた。ほかのクラスのやつも混じっていた。ダニエルはうつむいているのか、姿が見えなかった。

「てめえよくのこのこと来たよなあ？　ダニが！」

「自閉症の問題児は家でおとなしくしてろよ」

「てめえのせいで吉田んちのじいちゃん死んだんだぞ？　忘れたのかよおい！」

「学校燃やそうとしやがって！　てめえなにも覚えてねえんだろ！」

「花壇めちゃくちゃにしたの弁償しろよ！　親連れてこいよコラ！」

「マジで殺すぞこのやろう」

誰かがダニエルの頭をひっぱたいた。オレは駆け寄った。ダニエルが立ち上がった。机を持ち上げようとした。誰かがそれを蹴った。ダニエルは机ごと後ろへひっくり返った。

「こらあ！」オレは叫びながら駆け寄り、ダニエルを抱き起こした。「やめろよ！」

囲んでいた数人がひるんだ。「なんだよ日那多」「こいつのこと知ってんの？」「おまえこそやめろよ」「最悪だぞこいつ」口々に反論してきたが、返す言葉が思いつかず、オレはただ立ち上がった。ダニエルも立ち上がり、オレのことを突き飛ばした。

そして叫んだ。

「そのおじいちゃんは、死んだのを見つけただけです！　学校は燃やしてません！

木を燃やしたのです！　花は踏みつぶしたのです！　……だって、そのほうが強くなるから！」

そして、かばんを置いたまま教室を飛びだした。オレはそのあとを追った。

校門のところで、ようやくダニエルをつかまえた。つかまえたとたん、ダニエルは泣き叫んで抵抗した。そこへちょうどジャスティスが登校してきた。

オレたちはスポーツドリンクを飲みながら、ダニエルが落ち着くのを待った。落ち着いたところで、三人で歩いた。ダニエルは家へ帰りたがったが、もう少し一緒にいたかった。

だから、そのまま公園に向かった。

「――でなに、はじめて登校したってのに、ひどい目にあったんだ？」ジャスティスがすべり台のへりに座った。「……けどあいつら、べつに悪いやつらじゃないんだけどなあ」

「でも、ぼくのことは嫌いなのです」

「まあ、今のとこはそういう感じだな」オレは砂利を蹴りつけた。「嫌いというか、誰かを攻撃したいんだよ。その的になりやすいからなダニエルは。ま、気にすんな」

「気にすんなっておまえ」ジャスティス。

「そうとしか言いようがないだろ。おまえだっていつもオレのこと殴ってたじゃん」

「え？」ジャスティスは目を丸くした。「そうだっけ？」

「おまえは気にしろよ。なに忘れてんだよ、あほ」

ダニエルは笑わなかったが、いくぶん元気を取り戻したようだった。

午後になってイソベンとミカソンが合流した。ダニエルは基本的に集団が苦手で、ただいるだけで落ち着かない様子だったが、どうやらミカソンのことは気に入ったらしかった。ミカソンはといえばやたらとダニエルを質問攻めにして、ことあるごとに爆笑していた。

「ところでダニエル」オレはふと聞いた。「なんで急に、学校へ来る気になったのよ」

ダニエルはミカソンとにらめっこをしながら答えた。

「やはりぼくは、ミカソンさんの表情に関心が持てません」

「話聞けよ！」

「そして、笑いたくても笑えないのです」

「おいダニエル」オレは手を叩いて注意をひいた。「なんで、学校へ来る気になったの？」

ダニエルは無表情にオレを振り向いた。

「ぼくはもうすぐ、ちがうスクールに行くことになりました」

そう言って少し考え、ダニエルは続けた。

「だから最後に、ユウくんの学校に行ってみたくなったのです」

「ふうん」

なるほど。そういうことだったか。

「でも行かなければよかったです。大失敗なのです」

「ぷっ……」

横でミカソンが吹きだした。イソベンもジャスティスも笑いころげた。

「ユウおまえ、笑ってるけどさ」イソベンがオレにつっこんだ。「昔のユウに似てない？」

「はあ？」

「いやいや、ダニエルは普通だよ。ユウはもっとひどかった」ミカソン。

「だよな」イソベン。「なに考えてるか、さっぱりわからなかったし」

「いや、なにも考えてなかったよこいつは」ジャスティス。

「うるせえよっ」

オレは三人の茶々を振りきって、ダニエルに向きなおった。

「とりあえずさ、ダニエル。一つ頼みがあるんだけど」

「はい。なんですか」

「そろそろ、その敬語使うのやめようぜ」

ダニエルは、きょとんとしてオレの目をのぞき込んだ。

「どうしてですか。ムリです」

「ムリじゃないだろ。——だっておまえ、自分の家族には敬語使ってないじゃんか」

「……え」

オレはダニエルの目を見つめ返した。ダニエルは黙って考え込んだ。周りのみんなが、それを見守った。

あたたかい沈黙のあと、ダニエルはゆっくりと口をひらいた。

「でもユウくんは、ぼくの家族ではありません」

「へ？」

「ぷっ」

ミカソンの口から、なにかが飛びでた。

一拍おいて、オレたちは爆笑した。みんなで、爆笑した。

それからしばらくして、ダニエルは別の中学校へと転校していった。

ほんの少しだけ、ダニエルの口調が変わったような気がした。

# 05 みんなの居場所

中学校二年生。一三才。

春になってすぐ、訃報（ふほう）が連続して届いた。

小学校でドロドロにいそしんでいた仲間のうち、となりの区立中学へ行っていた友達が自殺した。さらに数日をおいて、私立に行っていた友達が自殺した。

オレたちはパニックになった。

それまでも自殺者の話は周りでちらほらあったが、まさか仲間内でそういうことがあるなんて思いもよらなかった。イソベンやミカソンやジャスティスをはじめ、葬式で集まった全員の顔が蒼白（そうはく）になっていた。二人とも、自殺をするようなやつじゃなかったからだ。

なんであいつらは死んだんだ。悲しさに恐怖が入りまじって、なぜ、なんで、ということばかりが口をついて出てくる。でも、その答えは決して見つからない。それはみんなも、きっとわかっている。それは毎日のように世間で繰り返されていることだからだ。

ニュースを見ると、ここ数年の自殺者数の増加は尋常じゃなかった。しかもそのほとんどが、理由もなく自らの命を絶つというケースだった。警察も、友人も恋人も身内ですらも、当人がなぜ自殺したのかわからなかった。動機を想像することさえできなかった。

さらにそれは、日本だけではなかった。世界中で同時多発的に起きており、歴史上のどの記録にも見られない不可解現象として、毎日のように報道されていた。

連日あらゆるメディアで識者や学者が集ってコメントを出し合っていたが、その見解はまちまちだった。

以前までは、自殺者数の推移についてはなんらかの社会学的な分析をすることができた。本来自殺者数の急増は、基本的に国家レベルでの経済的苦境や、社会構造の急激な変化が原因とされており、たとえばロシアやハンガリーなどの旧社会主義国や、バブル崩壊後の日本、アジア通貨危機後の韓国などが顕著な例だった。自殺者数は失業者の増加と比例し、先進国では高度急成長後の落ち込みなども精神的背景にあるとされた。自殺の多い曜日は月曜日、少ないのは土曜日、月では五月と、多くの統計データでその側面が分析できた。

しかし最近の傾向は、そのすべてに沿わなかった。経済的にも精神的にも原因がつかめず、宗教とも、ウェルテル効果（有名人の後追いなど、文化的な影響で起こる自殺連鎖）とも無縁なものがほとんどだった。

日本でもここ二〇年のあいだは、年間平均三万五〇〇〇人、一〇万人あたり二五人という自殺者数で、たしかに先進国でもトップだった。ただそれが、数年ほど前から急に六万人を超え、それを機に毎年増加し、今年の年間平均は一〇万人を超えるとさえ見られている。

なぜ自殺がこれほどまでに増えているのか。理由は誰にもわからなかった。どの国も正式な見解を示せなかったため、ろくでもない噂ばかりが先行した。秘密結社が世界規模で陰謀を実行しているとか、細菌兵器によるバイオテロだとか、なにかのサブリミナル効果だとか、巨大なカルト宗教が存在するだとか、無責任な憶測ばかりが飛び交っていた。

ただ、世界保健機関（WHO）では依然として特殊なウイルスの存在を検知していないし、サブリミナル効果などの可能性も否定していた。スイスとアメリカでは、いち早く大規模な遺伝子解明もおこなっており、それによれば、自殺者の生前と死後の遺伝子においても、確認したすべてのケースでなんら変化がない、ということが証明されていた。

また、多くの報道機関が現存するカルト宗教をしらみつぶしに調査したが、自殺をうながす傾向のある団体は見つからなかった。逆に、自殺を食い止める、死を回避するという大義名分をかかげた新興宗教が、雨後の筍(たけのこ)のように世界中でわきでていた。

いずれにしても、残ったのは次の事実だけだった。

——人間は、なんの理由もなく死ぬことがある。

つまり、理由がわからないのだから、今のところ「ない」とする。それが結論だった。

人間が死んでしまうことに、理由なんてない。
人間が生きていることだって、たまたまかもしれない。
どんなにがんばってる人だって、突然死んでしまうかもしれない。
そんな仄暗(ほのぐら)い雰囲気が、この世界を覆いつくそうとしていた。

「とにかくさ」
葬式のとき、ミカソンが泣きながら叫んだ。
「みんな、お願いだから！　お願いだから……死なないでよ！」
オレたちは、ミカソンを見た。全員、うなずいた。それはみな、同じ気持ちだった。

葬式の帰り道、オレは何度もミカソンの言葉を思い返していた。

そして、混乱した。

死ななきゃいけない理由と、生きなきゃいけない理由が、同じようにない、という可能性が頭をよぎり、ショックを受けた。

そもそもなぜ、生きることはプラスで、死をマイナスにとらえるのだろう。

そんなの決まってる。すべての生命は生きるために存在しているからだ。

そりゃそうかもしれない。だったらこうも思う。じゃあなぜ、生命は死ぬのか。なぜ死ぬようにできてるのか。はじめから、死ななければいいのに。

それは進化の掟（おきて）だから。死んで、新しいものと交代しなければいけない。古いものを新しいものに変えていくのが、命のふるまいだから。子供を産んで親が死ぬこと、新陳代謝で古い皮膚が垢（あか）になること、不要な筋力が衰えて必要な筋力が発達すること、すべて同じ。

だったら、死もプラスじゃないか。命を次へとつなぐ、希望じゃないか。けっきょく、生と死はイコールなんじゃないのか。

そのとおり。

気づいたらオレは歩いており、いつの間にかダニエルの家の前で立ちつくしていた。

「――生きるも死ぬも同じかもしれない、て？」

ダニエルは椅子にもたれながら、不思議そうにオレを見つめた。

「なに言ってるのかぜんぜんわからないよ。誰がそんなこと考えるというの?」

「……まあ、普段はそんなこと考えないだろうけど、なんか突発的にさ」

「自殺する人がどういう人か知らないけども、そんなことは考えてなかったと思うよ」

オレは死んでしまった人たちの顔を思い浮かべた。たしかに、そんな理屈をこねるタイプではないような気がした。逆に、そういう面倒なことは考えないタイプだったように思える。

「それにね、ユウくん」ダニエルの目が熱を帯びていた。「そんな理屈とは関係なく、動物には本能というものがあるから。衝動的に死ねるようにはできてないのです」

「じゃあ、なんで死んじゃうんだよ。どんな理由で?」

「死ぬ理由?」

「だって、もし死ぬ理由ってのがあるとしたら、それは生命の進化のためだろ。でも自殺はちがう。昔、幼稚園児が自殺するところに出くわしたけど、そんなの絶対おかしいし」

「ちょっと待って」ダニエルはそこで考え込んだ。「その前に、まず言えることは、生命は理由があって進化してるわけじゃない、てことです。たまたま生き残ったものが、今この世界にいるだけ。理由も目的も願望も、そもそもなにもないんだよ」

「なにそれ。なにもない？」

「そう。キリンだってね、高い位置の草を食べたくて首が伸びたわけじゃないでしょ。たまたま突然変異で首が伸びたやつが、たまたま高い位置の草を食べて生き残って、たまたまほかが全滅しただけだから」

「うん……？」まずい、ダニエルの生物ウンチクが発動した。「……それがなに？」

「生きるとか死ぬとかいうのもね、たくさんある生物の種のうちで、生死のサイクルが早いものが、たまたま多く生き残ってるように見えるだけなのです」

「見えるだけ？」

「そう、見えるだけ。それで生死のサイクルが早い人間が、勝手にナーバスになってるだけです。どこから話したらいいのかな」

ダニエルは無表情に目をつむり、一拍おいて話しはじめた。

「たとえばね、イソギンチャク、おもしろいよ。交尾しないで、単体で繁殖するのです。しかも、真ん中から分裂して、まるで細胞みたいなの。細胞ってほら、同じものが分裂して増えて、位置によって役割が決まるでしょ。臓器になったり筋肉になったりね。イソギンチャクもしくみが一緒。一つの集団は、みんな同じ遺伝子のクローンで、位置によって役割が変わるの。中央は繁殖担当。外側はほかのイソギンチャクのグループと戦う戦士。まるで全体が一つの生き物みたいでしょ。それぞれの個体は細胞のようなものだよね」

　ダニエルはそこで一呼吸おいて、続けた。

「そうすると、生物にとって生きるとか死ぬとかいうのは、個体じゃなくて種の単位で考えるべきだと思うのです。ぼくたちも、人類という大きな命をささえる細胞の一つ、ね」

「ああ」だめだ、なんだか眠くなってきた。「そういうのも、あり、かな」

「それとね、死なない動物だっているんだから。知ってる？」

　オレは力なく微笑んだ。まずい、歩きまわったせいで一気に疲労が……。

「知らない？　それは海綿です。氷点下の海に棲む海綿の中には、推定で一万才以上っていうものもいるの。あとは、ベニクラゲ。老衰の寸前でさなぎになって、生まれたころの状態に戻る。死なないんだよ。そんな動物だって、偶然だけど生き残ってるの。ね？」

　……うん。

「すべては、偶然なのです。生命が誕生して、繁殖や交尾というものができて、生死のサイクルが生まれて、そういうのはみんな偶然。それとは無関係に死なないものがいるのも、偶然。残酷に見えることも、奇跡に思えることも、全部偶然なのです」

　ぐう、ぜん……。

「動物が生きる理由も死ぬ理由も、とくにないんだよ。偶然が生んだ、ただのメカニズム。生死はその一部なんだから、感傷的に考えるものじゃないと思うのです。昔はね、レミングっていうネズミの一種が、数が増えすぎると集団自殺をするって説があったけど、けっきょくうそだったから。そんなことあるわけない。そうそう、ヤモリの中にはね、メスだけで受精なしで産卵して無限に増殖する亜種がいるんだけど――」

そのあたりから、記憶が途絶えている。目を開けたまま寝たのかもしれない。

気がついたら、朝になっていた。

起き上がると、ダニエルが横でパジャマを脱ぎながら詰め寄ってきた。

「ちょっとユウくん！」ダニエルはあいかわらず無表情だが、えらくご立腹の様子だった。「いったいなにしに来たの？　なんで昨日、話がはじまったところで寝ちゃったの？」

「いや、なんでって言われても」オレは頭をかいた。「偶然だよ」

「偶然？」ダニエルはゆっくりとうなずいた。「なるほど。でもようやく、いろんな動物の生死を説明するとこだったのに。生きる意味はなんだって言ったのはユウくんでしょ」

「そっか。でもとても一晩ではついていけないって。今話してよ」

「ムリです。だって今から学校なのです」

ダニエルはハンガーからワイシャツを取って着替えはじめた。

「そうだな」オレは苦笑した。「で、新しい学校はどう？　順調？」

「うん。すごく順調だよ」ダニエルは振り向いて、顔を歪めた。笑ったらしかった。「最近はようやく、人間とのコミュニケーションのしくみがわかるようになってきたし」

「今さらかよ」

「しょうがないのです。ぼくはずっと、人よりも動物の非言語コミュニケーションのほうが得意だったから。とくにネコ科と話をするのが一番好きだったから」

「うそつけ！　ネコと話なんかできるわけないだろ。しゃべれないのに」

「本当なのです。非言語コミュニケーションです。たとえばそれは、フェロモンとか」

「フェロモンっておまえ！　まさかフェロモン出せるの？」オレはにやけた。「じゃあもしかして、女とかも自由自在に」

「それは性フェロモンなのです。ユウくん、フェロモンてのはいろいろあって、動物のコミュニケーションではあたりまえのように使われるものなんだよ。ぼくは出せないけど」ダニエルは一瞬考え、続けた。「ユウくん、メラビアンの法則は知ってる？」

「はあ？」知ってたとしても、そんなややこしい名前は記憶できない。「知らないよ」

「人間のコミュニケーションは、言葉が七パーセント、口調や声音が三八パーセント、ボディランゲージが五五パーセントを占めるっていう理論なんだけども」

「ふうん。え？　言葉が七パーセント？　たったの？」

「はいそうです。たとえば、『きみはかっこいいのです』って言葉で言っても、声音がきつかったり、ニヤニヤ笑っていたり、鼻くそを掃除しながら言ったとすれば、言葉よりもそっちの印象で『あなたはうそをついているのです』って判断するでしょ」

「ああ、そういうことね。でもそのセリフがすでにおかしいけどね」

「言葉というのは、人間のコミュニケーションでも七パーセントの役目しかないのです。ぼくは今までその七パーセントの部分しかわからなかったらしくて、でも今は勉強してるから、そのほかの表現もだいぶわかるようになってきたんだよ」

「なるほど。てことはダニエル、今まで九三パーセントの部分がわからなかったんだ？」

「でも今は、ぼくだって今は――」

そこでダニエルは着替えるのをやめ、オレの横にかがみ込んだ。なにかを言おうとしてやめ、また立ち上がった。そこでオレを見おろし、無表情に固まった。

「なに、なんなんだよ。言えよ」

「……」ダニエルはめずらしく口ごもった。「誰にも言わないって約束できますか？」

「え？　ああ、もちろん。どうしたの」

「ほんとに言わない？　たとえば、黒服の男たちにさらわれて拷問を受けたとしても？」

「は？　なにそれ」

「その拷問は、爪を一枚ずつはがしたり、焼けた鉄の椅子に座らせたりするものでも？」

なに言ってんだ？　不安を誘うが、とはいえ今さら止められない。

「言わないよ絶対。はやく言えよ」

「約束だよ。……じつはね」

ダニエルはもじもじと体をくねらせた。

「好きな人が、できたのです」

「なにい！」

好きな人だと！　でも拷問は関係ない！

「マジかよ！　どんな女の子よ？」

「あのね」

ダニエルが、笑った。そんな表情のダニエルを見たのは、はじめてかもしれなかった。

「同じクラスで、蓮井香奈（はすいかな）っていうんだよ」

「へえー。かわいい名前じゃん」

「顔はそれほどでもないんだよ。でも、五月二日生まれの牡牛座で、血液はＡＢ型なんだよ」

でも、の意味がわからん！

「身長はたぶん一五三・五センチ、体重はきっと四二キロくらい、腹筋よりも背筋が発達していて、視力は両目で一・五以上はあると思うよ」

なんなんだその情報は。身内ですらたぶん知らねえぞ。

「成績は悪いけど、スポーツは得意でバドミントンが好きなんだって。趣味は読書で、好きな動物はイルカだって。まずいよ僕、スポーツは嫌いだし、本も読まないので」

やばい、吹きだしそうだ。おまえだって本読むじゃんか。生物の図鑑とか、プリンタの仕様書だとか。

「いいじゃんかよ」オレは笑いをこらえながら言った。「趣味なんてどうでもいいから、デートに誘えよさっさと」

「デイトだって？　ムリに決まってるでしょうそんなこと！」

ダニエルの目が宙を泳いだ。ダニエルでも動揺することが可能だったらしい。

「かたく考えるなって」オレは口元が歪まないように注意を払った。「ここへ呼んでさ、生物の繁殖の話でもしたらいいじゃん」

「ちょっと！」ダニエルの顔が赤くなった。「繁殖の話でもしたらだって？　なんてことを想像してるんだよユウくん！」

想像してるのはおまえだろ！

「ていうか、オレにも彼女いないのに」なんとか歯をくいしばった。「いいなあ、女かあ」

「——繁殖でもしたらどうかって……？　女だからって……？」

ダニエルの動きが、それから五分ほど止まった。

オレはそのあいだに身支度をし、ダニエルの家をあとにした。


梅雨に入り、雨が続いた。

外に出るのが億劫で、ＷｏｒＬＤにログインすることが多くなった。

ＷｏｒＬＤでは最近、レベルや称号のシステムが続々と導入されており、自分自身を育てることがブームになっていた。

ＳＤＰ（自己開発プログラム）で好きなジャンルの勉強をし、学習値をためてレベルを上げたり、企業のコミュニティにビジネスプランやイベントプランを投稿して企画スキルを上げたり、いろんなジャンルの試験を受けて称号を手に入れたりする。しかもレベルや称号が一定値に達すると、ＷｏｒＬＤの事務局からお金が支払われたりするのだ。

このＳＤＰの出現により、全世界が沸いた。これまでの「お金がないと勉強できない」という常識が、「お金がない人ほど勉強すればいい」に反転し、教育の格差構造が駆逐されはじめていた。

みんな、なんらかのＳＤＰに取り組んでいた。意外にも小遣い稼ぎと考えているやつは少なく、純粋に自分を育てるゲームとして熱中していた。自分自身のプロフ（プロフィール）が強力になっていく楽しさもさることながら、リアルの自分の能力が実際にパワーアップしていくという実感が、モチベーションの大半を占めているようだった。

ただ、オレの場合はなかなか長時間集中することができないため、レベルはたいして上げられなかった。それでもがんばり、ようやくレベルが6になったとき、ふとイソベンの動向が気になった。すかさず、ＷｏｒＬＤ内のイソベンの部屋をおとずれた。

「なにおまえ、レベル18だと⁉」

さっそく勉（イソベンの分身）のプロフを確認し、驚愕した。予想はしていたが、やはり悔しかった。レベルもさることながら、スキルもたくさん保有しており、プログラミングの分野では『フェロー』の称号まであった。

「でたよ！　毎日ＳＤＰで勉強ばっかりやってんだろ！」

「してないってべつに」勉はオールバックに手ぐしを入れながら微笑んだ。「そんなことより、おれ今出かけるところなんだよ。エヴォナンス・パビリオン。一緒に行く？」

「エヴォナンス？　ＷｏｒＬＤを作った会社の？」

「そう、そこの展示場。今日からね、今開発中のＡＧが展示されるんだよ」

「ＡＧ？」聞いたことがなかった。

「Ａ Ｇ（アシスタントガール）。まだ開発中だから知られてないけどね。完成したら全ユーザーに無料配布されるんだって。マイルームでおれたちの世話をしてくれる人工知能らしいよ」

「いらないよそんなの。世話なんかべつに必要ないだろ」

「まあまあ。部屋でいつも一人ってのも寂しいでしょ実際。たとえばメールとか来訪者履歴とかの確認をやってくれたりさ。スケジュール管理とか。秘書みたいで楽しいじゃん」

「ふうん。そんなもん？」

オレはどうでもよかったが、勉はすでに身支度を終わらせていた。と同時に、いつの間にか正義（まさよし）（ジャスティスの分身（キャラ））まで部屋に呼び寄せていた。

「んじゃ、現地まで飛びますか。二人とも、おれについてきて！」

ＷｏｒＬＤ内では目的地に一瞬で飛ぶことができたが、ヒマなオレたちはあえてそうせず、文字通り空を飛んだ。オレとジャスティスは背中に翼を生やし、イソベンはロケットをリュックのように背負い、青空の中を音速で滑空した。

ビルの谷間を縫い、はるか上空の空中ステーションに寄って新型の列車と競争していると、やがてそのエリアが見えてきた。

エヴォナンス・パビリオン。東京でのその一画は「夢の島」と呼ばれるゴミ処理場だが、ここＷｏｒＬＤのＴｏｋＹＯでは、視界一面に巨大なハイテク建造物がひしめいていた。

「なにここ？」正義がつぶやいた。「なんなんだよこれ」

「だからエヴォナンス社のパビリオンだって」

「――すごい」オレは目をみはった。「これ、建物かよ」

それは建造物というより、芸術作品だった。

無数の球や三角柱や四角錐が空中に浮いており、それぞれが光を発しながら微妙に移動していた。目をこらすと、それらは細い円柱で無造作につながれており、外側を取り囲む四本の巨木につながっていた。

「これみんな、現実の物理法則で設計されてるんだよ。だから現実でも再現可能な建築なんだ」勉が解説しながら、巨木の一本を指さした。「あそこが入口だよ」

近づいてみると、さらに圧巻だった。その人工の樹の高さは五〇階建てのビルに匹敵し、宙に浮くオブジェは、本物の星やピラミッドと見まごうほどに巨大だった。それらがゆるやかに色を変えてうごめくから、見上げているだけで目眩(めまい)をおぼえた。

「ほんと、ジェス・リーズンはすごい」勉が鼻を鳴らした。「神だね」

「なに？　レーズン？」

正義の言葉を無視して、勉はエントランス・ロビーをすりぬけた。

「エヴォナンスの創設者だよ。ジェス・リーズンこそが、コンピュータやネットワークの世界をたった一人で変えた、と言っても過言じゃないね」

勉はずんずんと歩いて最初の広間に入っていった。壁一面に巨大なパネルが並び、中央の空間にはいくつもの立体映像が動いていた。

すでに何組かの客がガイドを連れて散策しており、カップルの姿もちらほら見えた。勉は入口の操作盤を操作し、立体映像のガイド嬢を呼びだした。

「ちょうどいい。ここはジェス・リーズンを紹介するフロアだよ」

勉が指をさした先に、男性の巨大な人物像があった。

ジェス・リーズン。

冴えないアメリカ人のおっさんをイメージしていたが、想像とはまるでちがった。ハリウッド俳優のようなオーラをまとっており、その金髪の髪型や碧眼、鼻筋や口元の至るところに、並々ならぬ知性が垣間見える――ような気がした。

『まずこちらをご覧ください。ジェス・リーズンとエヴォナンス社の軌跡です』ガイドがにこやかに微笑み、壁のパネルを点灯させた。『ジェス・リーズンは二三才でインド工科大学を卒業し、そこから三年間をかけてまずＲｅａＳＯＮというオープンソースのプログラムを作りました。これはみなさんもご存知、HanD（ハンド）の前身となるネットワークOSです。当時から画期的な構造を持っていましたが、まだ機能は少なく、ユーザーの手が加えられることを期待してネットワーク上に無料で公開されました』

ガイド嬢が目の前に立体映像（ホログラム）を呼びだし、ReaSONの持つさまざまな特徴を図やグラフを使って説明しはじめた。

「わかる？　わざわざ苦労して作ったものをタダで公開して、いったん放置するんだよ」勉が興奮ぎみに言った。「すごくない？」

『――それから約三年間、ジェスはReaSONの仕様と斬新な可能性をいくつものビジネスプランにまとめ、あらゆる業界を訪問して紹介することに専念しました』

「最初が肝心だからね」勉が補足した。「普及の根回しを三年もしたわけ」

『やがてReaSONの認知が広まり、多くのユーザーが改良を加えたころ、最終的に各業界や政府の要望と、自身の新しいアイデアを追加して、現在の完全なるネットワークOS、HanDに仕上げました』

目の前の空間に、ReaSONと書かれたブロックの山があらわれた。そこにたくさんの人が登っていき、それぞれがいろんな色のブロックを付け足していた。山がより巨大になったところで、ジェス・リーズンがあらわれた。道具を使って斜面をならし、色を塗り替え、山の名称をＨａｎＤに書きかえた。

『――そして、ＨａｎＤの発表と同時に、ジェスはエヴォナンス社を立ち上げました。ＨａｎＤの登場によって、ＯＳやアプリケーションを端末に搭載する必要がいっさいなくなったため、あらゆるＰＣや携帯電話、家電製品での利用が急増しました』

ガイド嬢の指にそって、利用者数が激増するグラフが描画された。

「ものすごい苦労して準備したのに、なにからなにまで無料にしちゃうんだからすごいよ。そのおかげですごい勢いで普及したんだよな」

勉の声に、正義があくびで答えた。勉はかまわず続けた。

「彼はこのとき二九才。遅咲きというか、すでに六年もタダ働きしてる」

「そりゃまあ」オレは言った。「当然だろ。あとで儲かるんだから」

「いや！」勉の目が光った。「エヴォナンス社は、儲けたことは一度もない。そこが偉大だって言われてるとこだよ。ＨａｎＤを公開してからもずっと、ジェスはタダ働きだ」

ガイド嬢はオレたちを引き連れ、廊下を移動し次の広間に向かった。どうやら、ＢｒａＩＮ（ブレイン）の紹介フロアのようだった。

『ＨａｎＤの利用者が急増することで、当然、それを動かす処理能力も急増させる必要がありました。世界中の人が同時に使うため、スーパーコンピュータが何万台あっても足りません。そこでジェスは早い時期から、世界中に散らばっていた分散コンピューティングのネットワーク網を、一つにまとめるために奔走していました』

　壁面のパネルには分散コンピューティングのしくみや、当時別々の規格で動いていた世界中のプロジェクトが羅列されていた。

『そしてＨａｎＤの登場から三年、エヴォナンスはついに世界の処理能力を一つにすることに成功しました。みなさんの持つ端末ひとつひとつの処理能力をつなげ、つまり数千億のＣＰＵをネットワークで束ね、地球規模のコンピュータを構築するテクノロジーです。それが、ＢｒａＩＮです』

　立体映像によって、目の前にミニチュアの街があらわれた。人々がＰＣやケータイや家電を操作しており、それぞれの機械にはヒモで白い風船が結ばれていた。風船には「処理能力」と書かれていた。やがてヒモが伸び、風船が宙に浮いて空が風船だらけになった。そこへホウキにのったジェスがあらわれ、風船に魔法の粉をふりまいた。風船たちは次々に合体し、やがてひとつの巨大な雲になった。映像がズームアウトしていき、その雲が日本を包み、アジアを包み、地球全体を包んでいく様子を映しだした。

『この雲が、ＢｒａＩＮです。みなさんの端末のひとつひとつがつながることで風船が巨大な雲になり、莫大な計算能力を使うことが可能になりました。――そして次にジェスは、この雲の上に――』

　ホウキにのったジェスが、地上から飛び立ち、雲の中に突入する。雲を突き抜け上空に出ると、そこには光り輝く都市が広がっていた。

『――そうです。ここに、まったく新しい世界を作りたいと考えたのです』ガイド嬢が意気揚々と言った。『それが、ＷｏｒＬＤです！　さあ、こちらへ！』

　ガイド嬢にうながされ、オレたちは円筒の廊下を歩きだした。

「ジェス・リーズンてさ、いつも世界を駆けまわってるんだよね」勉は自分の身内のことのように語った。「ここからわずか二年後だよ。各国の政府とかけ合って、ＢｒａＩＮという地球規模の頭脳の中に、ＷｏｒＬＤという超仮想現実を構築した、と」

「どうでもいいけど」オレ。「言い方がいちいちオーバーなんだよ」

「いや、控えめに言ってるんだよこれでも。ジェス・リーズンがＩＩＴ出身だということで、インドではガンジー並みに神格化されてるし、アメリカではジョン・レノン以来のカリスマ、日本では織田信長以来のカリスマっていわれてるでしょ」

「なにそれ」オレは吹きだしそうになった。「なんで日本のカリスマになるんだよ」

「知らないの？　ジェス・リーズンってアメリカ人で通ってるけど、もともと日本で生まれたハーフで、日本との二重国籍なんだよ」

　長い廊下が終わり、オレたちはＷｏｒＬＤのフロアへ入った。

「――おい」正義がしびれを切らせて言った。「いいかげんもういいだろガイドは。なに言ってるかわかんねえし。ＷｏｒＬＤまでいちいち説明聞くのかよ？」

　オレと勉は顔を見合わせた。ガイド嬢をキャンセルし、気の向くままにそのフロアを散策した。

　中央の立体映像（ホログラム）では「物理演算処理の構造」や「鉄壁のセキュリティシステム」、「ＷｏｒＬＤにおける経済と法律」、「独自の商法と建築法について」など、ややこしい概念がわかりやすく解説されていた。

　勉がそのうちの一つをチョイスし、オレの眼前で展開していった。

「この『身体への安全性』ってのがまた重要だよな。ジェス・リーズンはＷｏｒＬＤを立ち上げて軌道にのせたあとも、全世界から毎年六〇万人のユーザーを集めて、安全性が保たれてるかどうかの健康診断をやってんだから」

「毎年六〇万人も？　健康診断を？」

「だってほら、昔あったらしいじゃん。オンラインゲームとかで感情移入しすぎて精神に異常をきたす、みたいな話が。たとえうそでもそういう噂が出るのが一番こわいからね」

「ああ、そういうことか」

　それは聞いたことがある。現実（リアル）と仮想（バーチャル）の区別ができなくなるとか、思考が現実に向かなくなる、という都市伝説のような噂だ。そんな症例はあるはずがないし、人間の適応力をバカにしたゴシップネタだ。

「だから一応ね、人体や精神に影響がないかどうか、最先端の医学チームが集まってさ、あらゆる文化圏の人種に対して、ちゃんと脳波や生体反応までチェックしてるらしいよ」

「なるほどね。安全性を証明するのは一番重要なのかもな」

「で、最近のジェス・リーズンが、これまででもっとも偉大なの」

勉は別の立体映像（ホログラム）を呼びだし、意気揚々と続けた。

「ジェス・リーズンは、『ＷｏｒＬＤを普及させた本当の理由を、これから示していきたい』って言っててさ。最近ほら、学問とか芸術とかいろんなジャンルで、ものすごい勢いで自己開発プログラム（ＳＤＰ）ができたわけでしょ。しかも、レベル制度やスキルや称号のシステムがあるから、ゲーム感覚でみんな勉強して、資格とったりスキル増やしたりさ」

「だからそれ、おまえが一番はりきってんじゃねえか」

「おれはべつに。最近プログラミングにはまってて、結果的にレベルが上がってるだけだから」勉はオールバックに手ぐしを入れた。「で、そのＳＤＰさ。全部無料どころか、レベルが上がるとお金もらえるじゃん。金払って大学行くやつがいなくなるって大騒ぎになったけど、こないだある研究所のチームがさ、『これによって五年後には世界の知的水準が三〇パーセント上昇する』っていう予測を発表してさ」

「もしかして、知性（インテリジェンス）革命とかいうのは、それのこと?」

「そうだよ！　人類の知性を底上げさせよう、ていうね。どれだけ偉大なのか！　今年はジェス・リーズン、ついにノーベル平和賞を取ると思う」

「ふうん。取るだろうね」

イソベン相手だとついそっけない対応になるが、話を聞くうちにオレ自身も体が熱くなってきた。

世の中に、そんなことを成し遂げる男がいる。

膨大な努力をして、世界を飛びまわって、利益を度外視して、ただただ人類のために全力をつくす男が。


オレたちはパビリオン内を移動し、ようやく目的地のＡＧフロアへと入った。

三人で、【ＡＧ発表会】と書かれたブースの扉を押し開ける。

「うお！」思わず正義がうなった。「すげえ……」

圧巻だった。

広大で薄暗い空間に前衛的なＢＧＭが鳴り響き、それに合わせてスポットライトが乱れ飛んでいた。中央にはパリコレかなにかのファッションショーを思わせる巨大な舞台があり、そのまばゆい花道を、男女のモデルがひっきりなしに往復していた。波のようなものが会場全体をうごめいており、よく見るとそれは膨大な数の観客だった。

「なにこれ」正義がつぶやいた。「なにコレ？」

「ハンパじゃないねえ……」勉が思わず感嘆の声をもらした。「あのモデルたちが全部、ＡＧ（アシスタントガール）とかＡＧ（アシスタントガイ）だよ」

　オレたちは舞台に近づけず、少し離れたところでショーを観覧した。花道をさっそうと歩くＡＧたちをズームアップし、その容姿に目を奪われた。さまざまな種類の美男美女。

『――これらのＡＧ（アシスタントガール）およびＡＧ（アシスタントガイ）は、あなたの指示通りにマイルームのあらゆる情報を整理し、伝達してくれます！』

　ステージの隅では、見覚えのある女子アナが司会をしていた。

『強力な学習能力によってあなたの好みを覚え、不要な情報や興味のあるニュースをバックグラウンドで分類したり、あらかじめ検索しておいたりしてくれます。ショッピングやお仕事の手伝いもある程度なら可能です。ではちょっと、試してみましょう！』

　司会の女子アナが、舞台に並んだＡＧの一体を指さした。

『わたしのパートナーのＡＧです。たっくん！　こっちへ来て』

『――なんだい、美佐子』

たっくんと呼ばれたイケメンのキャラが、にこやかに女子アナのそばへ駆けつけた。

『今日はなにか、めぼしいニュースはあった？』

『そうだね、君の好きそうな話題はこの九時間で二四七件あるけど。どうする？　良いニュースと悪いニュース、どちらから聞く？』

『じゃあ、良いニュースからおねがい』

『オーケー。まず、サッカーの日本代表がワールドカップの二次予選を突破したよ。それから、新型の自動調理器が発表されたよ。でもって、君の出身校の後輩が相撲の土島部屋に入門したよ。以上がトップスリー。詳細を言おうか？』

『ふふ。詳細はあとでＯＫ。悪いニュースのほうは？』

『君の最寄り駅で自転車の撤去料が値上がりしたよ。君の購入した宝くじ二〇万円分の当せん金はわずか三万円だったよ。君の大好きなアイドルのヨシオカが君の大嫌いな女子アナと熱愛報道されたよ』

『ワオ！　ちょっと待って！』

女子アナが飛び跳ねてあわてた。会場から笑いが巻き起こり、女子アナは動転して笑顔をひきつらせた。

『そうそう、オークションで掘りだし物が格安で手に入ったよ』たっくんは嬉しそうに微笑んだ。『ヨシオカ・デビュー写真集、むだ毛処理クリーム、ヨシオカ・セカンドソロシングル、目元整形後ケア』

『やめてえー』

女子アナが仰天してたっくんを突きとばし、会場から爆笑が起こった。たっくんは肩をすくめ、女子アナは真顔に戻った。

『――とまあ、このような案配でございます。きっと、ＷｏｒＬＤでの生活が楽しくなることはまちがいないでしょう！』

会場から拍手喝采(かっさい)が起こった。どうやら女子アナのリアクションはすべて演出だったようだ。

「めんどくせー」正義がうなった。「こんな茶番劇やりたくねえし」

「でも、口調のプリセットもあるみたいだから、もっと簡潔なやりとりもできるだろうね」勉が補足した。「とはいえ、まだ開発中だから。彼らの技術をもってしても、リリースまでは少なくともあと一年か二年の猶予(ゆうよ)は必要かと。まあ、致し方ないね」

「うるせえよ」正義。

そんなやり取りをよそに、オレはずっとＡＧのインフォパネルに目を奪われていた。ＡＧの構造と可能性、そしてその将来。

ＡＧは人工知能だが、生命ではない。しょせんは人間の決めたアルゴリズムにのっとって反応するプログラムであり、そこに自らの意志はない。

だが、ジェス・リーズンはこのＡＧの研究をきっかけに、すでに次のステップへ進んでいるという。ＡＧとはまったく構造のちがう、感情をもった意識生命体の開発。

インフォパネルの最後で、ジェス・リーズンはこう締めくくっていた。

【こうしたことに取り組むことにより、意識生命体としての人間の可能性や限界を知ることにつながり、さらには人類進化のみちしるべをも垣間見ることができると信じている】

その文字を、何度も目で追った。

虚無感にも似た、途方もない感覚がオレをおそっていた。


夏休みのあいだは、ＷｏｒＬＤに入り浸ってＳＤＰに真剣に取り組んだ。物理学、社会学、生物学、哲学、心理学、文学、音楽……。

ぼやぼやしてられない、という思いにかられた。

なにをしたらいいのかまるでわからなかったが、得体の知れない焦燥感が妙な集中力を生み、とにかくどこかへ、どこかへと、オレの背中を押しつづけていた。

周りを見わたせば、みなオレの知らない場所ではしゃいでいた。

イソベンはプログラミングに夢中でゲームを作ると言っていたし、ミカソンは夏のあいだ、ロスのホームステイに参加していた。ダニエルは新しい学校で好きな子に夢中だし、ジャスティスやほかのみんなは部活や受験に燃えていた。

みんなまるで、それぞれの居場所を見つけたようだった。

オレにも、居場所はあるんだろうか。なくてもかまわないが、今はなにかに夢中になりたかった。

そして、こうも思った。

サワッチや佐々木、自殺してしまった仲間やたくさんの人たちには、どこかに居場所があったんだろうか。夢中になるものはあったんだろうか。

秋が過ぎ、冬が過ぎた。

春がおとずれようとしたころ、ダニエルが事件を起こした。

大好きだった蓮井香奈という子を殴って、重傷を負わせた。

# 06 非言語コミュニケーション

中学校三年生。一四才。

しばらくダニエルと連絡がつかなかった。

ダニエルのお姉ちゃんから事件の知らせを聞いて、すぐに家へと駆けつけたが、ダニエルは会おうとはしなかった。ダニエルの家でも対処に困っているらしく、しばらくはそっとしておくしかないと言われた。

ダニエルは事件の日、学校帰りに蓮井香奈と一緒に歩いていた。それを遠くから見かけた別の同級生の話では、ダニエルは突然立ち止まり、奇声を発しながら蓮井香奈を殴ったということだった。蓮井香奈は骨折して入院したようだから、よほど思いきり殴ったのだろう。ただダニエルは、そのときのことをあまり覚えていないようで、家族がなにを聞いても答えないということだった。

当然学校では大問題となり、蓮井香奈の親とは示談(じだん)が続いていた。すぐにマスコミがかぎつけたが、学校側は情報の露出をかたくなにふせいだ。それが唯一の救いだと言えた。

ダニエルになにがあったのかはわからない。ただ、ダニエルに対する周りの対応が急変したことは想像がつく。それが、心配だった。

イソベンでさえ、混乱した感想を示した。

「――おれさ、ダニエルはアスペルガー症候群だと思うんだよね」

「は？　なにそれ」

イソベンの部屋で、その話を聞かされた。

「アスペルガー症候群てのは、高機能自閉症とも呼ばれてて、一般的に知的障害のない自閉症のことでさ。いろいろ調べてみたけど、だいたい三つの特徴があって。一つは想像力や応用力の問題で、たとえば予定外のことを極端に嫌うとか、ふだんとちがう道は通りたがらないとか、そういうの。二つ目は社会性の問題で、集団行動が苦手だとか、悪意はないけど失礼な発言をするとか。三つ目はコミュニケーションの問題で、表情や手ぶり身ぶりが理解できなかったり、一方的で会話がすれちがったり、妙な口調でしゃべったり」

「ふうん。じゃあ」そっけなく返した。「おまえもオレもたいして変わらねえじゃん」

「ユウ」イソベンは真剣な顔で言った。「おれはべつに、人を屁理屈で差別しようなんて思ってるわけじゃないよ。だけど、人はそれぞれちがうんだから。ユウは男で、ミカソンは女だろ。それと同じように、オレたちとダニエルとは、なにを言おうが確実にちがってる部分があるんだよ。それをちゃんと知りたいだけだから」

気持ちはわかる。そうやって人を慎重に分類して、先入観なく差別化し、膨大な情報を付加したうえで、属性を細かく知ろうとする努力は、正しいことだとは思う。逆にそれをせず、おおまかな印象で他人を見る人間が、救いようのない差別や偏見を生みだす。

どちらにせよ、直感で人と接してるようなオレには無縁の行為だが、それでも黙って聞きとげるつもりにはなった。

「まあ、ユウがそう言うのも当然でさ、自閉症ってのはそもそもきっちりした区分なんてないみたいで。健常者から重度の自閉症まで、ちゃんとした境目はないんだよ。それを自閉症スペクトラムっていって、虹の色彩のような図で描かれてるんだよね。自分は普通だ、なんて思ってても、普通なんて区分はない。虹のどこかにいるけど、何色かははっきりしないんだよ」

「だろうな。オレは光り輝いてるから何色でもないし、おまえも鉛色に濁ってるしな」

「……」

イソベンはさすがに黙り込んだ。まずい、調子にのりすぎた。

「うそだって。ごめん」

「あたりまえだよ。ガキくさいこと言うな」イソベンはじっとりとオレをにらんだあと、ため息をついて続けた。「でさ、自閉傾向もなく知的障害がなくても、不注意で多動的で衝動性のあるAD／HDとかさ、読み書きと計算の学習障害だけがあるLDとか、いろいろあるんだよな。じっくり見ていくとさ、言っちゃ悪いけどユウ、小学校低学年のころのおまえって、その全部にあてはまってる気がしたよ」

「よけいなお世話だろ」

「まあ、光の三原色の法則でいえば、すべての色を合わせると真っ白な光になるしな」

イソベンの口元がひくひくと動いた。……こいつ、やっぱ最低かも。

「で?」オレは焼きそばを食べながら聞いた。「なにが言いたいの?」

「ダニエルはすごいやつだけどアスペルガーだろうし、AD／HDの要素もあるのかもしれないし、ユウに至ってはなんだかよくわからないし、人間て不思議だなあと思って調べてたらさ、アスペルガーだったといわれてる過去の偉人たちがいっぱい出てきた」

でた。偉人好きのミーハー根性。

「ハンパじゃないよアスペルガーって! まず芸術では、ミケランジェロ、モーツァルト、エリック・サティ、ガリバー旅行記のスウィフト、アンディ・ウォーホルとか。

政治では、ヨーロッパ最強帝国といわれたときのスペイン王フェリペ二世、あとアメリカ建国の父といわれた大統領トーマス・ジェファーソンとか。きわめつけは科学者で、二大物理学者のニュートンとアインシュタイン！　でもって、数学のラマヌジャン、哲学のウィトゲンシュタイン、コンピュータの父チューリング。全員、唯一無二の天才ばっかりだよ」

「ふうん。すごいなそりゃ」

「最近でも、スポーツやビジネスの分野でトップの人の中にちらほらいるみたいだし」

「まあ、ダニエルもそうだけど、見てると集中力がハンパじゃないからな。そういう偉人もいるだろそりゃ」

「でも唯一無二、ナンバーワンの人ばっかだよ？」

「だいたい、そのアスファルト症候群の人って、何人いるんだよ世界に」

「アスペルガーですけど。……まあ、数ははっきりとはわからないらしいよ。診断受けずに暮らしてる人も多いから。人口三〇〇人に一人とも、一〇〇人に一人とも言われてる」

「そんなに多いの？」オレはざっくり計算した。「だったら、日本だけでも四〇万から一二〇万人いるじゃんか」

「あ」イソベンはオレの意図に気づいたようだ。「確かに……」

「それだけいれば、中には天才もいるだろ。集中力がすごいんだから、確率的にもさ」

「なるほど、まあ」

「でもさ、そうじゃない人のほうがほとんどなわけだろ？　個性強すぎて苦労してる人たちのほうが、圧倒的に多いはずだよ。サスペンダー症候群にかぎらず、そりゃ世界中のすべての人に言えることじゃんか」

「……アスペルガーなんですけど」

「まあ、言いたいことはわかるよ。ダニエルはそういういろんな特性を持ってるってことだろ」オレは床に寝そべり、天井を見上げた。「でもなあ。やっぱりだめだよ、女の子を殴ったら。なにやってんだあいつ――」


そうして、事件から一〇日ほどがたった。

ずっと連絡がつかなかったダニエルが、唐突にオレの家をおとずれた。ダニエルは苦笑に見えなくもない無表情で、玄関の前に立っていた。

「なんだよおまえ」オレはあきれて言った。「ずっと音沙汰なしで！」

「ごめんなさい」ダニエルは顔を歪めた。笑ったらしかった。「最後の挨拶に来たのです」

「最後？　どういうことだよ」

オレが聞くと、ダニエルは目をつむった。とりあえず部屋に上げて、話を聞いた。

「——ユウくん。ぼくは、明日にはマミィの実家のシアトルに引っ越すの。香奈ちゃんの家族と話した結果、マミィがそう決めたから」

「え？」オレは混乱しながら言った。「引っ越すって……なんで」

「示談の結果だって。慰謝料とかの問題じゃないって。香奈ちゃんの両親は、ぼくが彼女の近くにいることが許せないから。それは当然だということが、やっとわかったのです」

ダニエルが、引っ越す……。

「——なんだよそれ。ていうかおまえ、どうしちゃったんだよ。なにがあったの」

「……」

ダニエルは無表情にうつむいた。オレはなるべく落ち着いた口調で聞いた。

「おまえのその、好きな子をさ、殴っちゃった話。ちゃんと説明して」

「うん」ダニエルはうつむいたまま言った。「あんまり、覚えてないんだ。一緒に歩いてたんだけど、なにを話してたのか、というより、なにも話してない気がする。でも急に」

ダニエルはそこで黙り込んだ。込み上げてくるものをおさえているようだった。

「急に、香奈ちゃんが怖くなって、まずいと思って」

ダニエルが震えていた。目から涙がぼろぼろ落ちていた。

「気づいたら、殴っていたのです」

肩を抱こうと思ったが、ダニエルは触れられるのが好きじゃなかった。

オレは硬直したまま言った。

「自分でもよくわからないのかよ？　なにか言われたんじゃないの、その子に」

「……わからない。なにも話してないと思うのです」ダニエルは表情をこわばらせたまま、涙を流した。「なぜかわからないけど、すごく怖くなって。それで、気づいたら……」

「いいよ、わかったからもう」

オレは言いながらも、歯を食いしばった。きっと蓮井香奈が、なにかを言ったにちがいない。ダニエルがおかしくなってしまうようなひどいことを、さらりと言ったにちがいない。

こんなダニエルは見たことがなかった。

オレは立ちつくしたまま、その涙が止まるのを待った。

翌日、ダニエルは発(た)った。

イソベンとミカソンとジャスティスの四人で、空港から見送った。飛行機はあっけなく飛び去っていき、ダニエルの残像はなくなった。オレたちは言葉なく空港をあとにした。

　オレは三人とわかれ、その足で蓮井香奈が入院しているという病院へ向かった。彼女がダニエルになにを言ったのか、あるいはなにをしたのか、知る必要があった。

　病院に着いたころには、握っていた拳の爪あとにうっすらと血がにじんでいた。

　病室は個室で、見舞客はほかにいなかった。

　蓮井香奈はベッドに横たわったまま、ゆっくりとこちらを向き、小さい声で言った。

「――誰？」

「ダニエルの友達。日那多雄っていうんだけど」

　オレは言いながら、そばまで寄って立ち止まった。蓮井香奈がオレを見上げ、凝視した。その視線は意外に穏やかで、なにかを問いかけるような目つきだった。その雰囲気は、想像とだいぶちがった。オレは目をそらし、病室をながめるふりをしてしばらく放心した。

　まずい。大きく咳払いをして憤りを取り戻し、どう話を切りだそうか考えた。蓮井香奈はそれを静かに見守っていたが、やがてオレよりも先に口をひらいた。

「――ダニー、今日行っちゃったんだよね。アメリカに」

「……ああ」

「わたしのせい。パパたちを説得できなかったの。だからダニーは追いだされちゃった」

出端をくじかれ、オレは言葉をのみ込んだ。香奈の目に、ふいに涙があふれた。

「日那多くんの話は、たくさん聞いたから知ってるよ。ベストフレンドなんだよね」

声が、震えていた。

「ごめんね、こんなことになって。ダニーはたぶん、わたしを助けてくれたのに」

「え……?」

妙な胸騒ぎがした。オレは言葉を発せられないまま、黙って香奈を見つめた。

「病院に運ばれてしばらくは、なんであんなに殴られちゃったのかわからなくて、怖くてずっと泣いてたの。でも頭の中では、ダニーにそばにいてほしいと思ってて、だからダニーのことが怖いんじゃなくて、なんだかよくわからなかったの」

「……え、いや」混乱に陥ろうとする思考をおさえ、なんとか語をつないだ。「……その、ダニエルと一緒に歩いてたとき、なにを話してたの?」

「なにも。なにも話してない。わたし、考えごとをしてた。そのことを、こないだ思いだしたんだよ」

香奈の肩が、がくがくと震えはじめた。

「ちょ、大丈夫？」

「わたし、そのときさっと、怖いことを考えてた」

香奈は激しく泣きはじめた。自分の肩を抱きしめ、しゃくり上げながら言った。

「――たぶん、死ぬことを考えてたの」

「え……？」

「なんで、なんでそんなこと考えてたのかわからない。でも、死のうと思ったの。すぐに死のうと思った。……だからダニーは」

香奈は嗚咽に抵抗しながら、かろうじて声を絞りだした。

「だからダニーは、わたしを助けるために、必死に殴ってくれたんだと思う」

香奈の嗚咽が、爆発した。

頭の中が真っ白になり、理解するまでに時間がかかった。

体の力が萎え、思わずパイプ椅子に腰かけた。そのまま香奈が泣きやむまで、ひと言も発することができなかった。

ダニエルの顔が、脳裏にちらついた。

やがて香奈が落ち着きを取り戻し、おだやかに微笑んだ。

それからしばらく、ダニエルのことを二人で話した。

蓮井香奈は、気持ちのいい女の子だった。ダニエルのことをよくわかっていた。だから、ダニエルのおかしなセリフやおかしな行動を言い合って、二人で笑った。ダニエルは案の定、出会って二週間目に繁殖の話をしたようだった。

「――それと、いちばん困るのはね」香奈が言った。「ダニーっていろんなことに詳しいくせに、ケータイもＷｏｒＬＤも大嫌いだから、いつもどうしていいか」

「そうそう、連絡とれないいんだよな」

「なにかあるたびに、いちいちダニーの家まで行かなきゃいけない」

「そのくせ決まって言うだろ、『なにしに来たの?』って」

「そう！　それか、『いつまで待たせるの！』って」

「三階の窓からパンツいっちょで、『明日にしてください！』って叫ばれたときもあった」

香奈が、涙をふきながら笑った。心の底から、ダニエルを想っているように見えた。

「あとね」香奈は止まらなかった。「ダニーが動物のフェロモンの話をするから、わたし、『ダニーからも素敵なフェロモンが出てるみたい』って言ったのね」

「まさか、あの変に甘酸っぱいにおいのこと?　あれ体臭だろ?」

「よくわからないからね、フェロモンだねって言ってみたんだけどね、そしたらダニー、すごいそれを気にしちゃって」

「ぷっ」

「すぐに駅前の薬局で、コロン買ってきたみたいなのね。それをつけてダニー、顔色かえずに誇らしげにしてたけど、わたしぜんぜん気づかなくって」

「なんで」

「だってそのコロン、ピンクグレープフルーツって書いてあるんだけど、ダニーのフェロモンとほぼ同じにおいなんだもん！」

「ひぃーっ」

香奈が、鼻をかみながら笑った。オレも腹がよじれるほど笑い、ダニエルの無表情を思い返した。

なんてうらやましいんだろう。あいつはこんなにも、愛されている。

「そうだ、日那多くんのこともね、いろいろ言ってたよ」

香奈は口をもごもごさせて笑いをこらえた。

「なんだよ、なんて？」

「さあ。教えない」香奈がくすくすと笑った。「教えたらダニー、すごく怒るもん」

「なんなんだよ。教えてよそれ」

ダニエルの顔が、また脳裏をよぎった。今近くにいないということが、信じられなかった。喉元に熱いものが込み上げてきて、必死におさえた。

「じゃあ一つだけね」香奈が目尻をぬぐいながら言った。「日那多くんはどういう人かって聞いたときが、一番おもしろかったから」

「オレのことを？　なんて？」

「——たまにむかつくタイプの男だけど、いい男だ、て」

「……」

オレは香奈を背に、うずくまった。

おさえていたものが、あふれでてしまった。

オレはかがみ込み、それが体の奥からとめどなくほとばしるのを、力のかぎり耐えるしかなかった。

# 07 みちしるべ

中学校卒業。一四才。

卒業式が、終わった。

これまでの仲間とは、高校で別々になる。みんな楽しいやつらだった。それぞれスポーツや勉強や趣味に熱中していて、気づけば三年間はあっという間に過ぎてしまった。オレはみんなとくらべて、なにもしていないような気がしてならなかった。

卒業証書を手に、帰路をぶらぶらと歩いた。

仰げば尊しのメロディが、ずっと頭にあった。「いざさらば」という響きが、なかなか消えてくれなかった。本来は希望を胸にすべき肯定的な意味なのだろうが、現実にはやりきれない別れが多すぎた。その想いがメロディにのり、脳裏にしみ込んでいた。

ダニエルからはまだ連絡がない。おそらくは新しい環境で四苦八苦しているのだろう。アメリカは日本よりも寛容だというが、ダニエルにとってどうかはわからない。野生動物が多いということだけが、せめてもの救いだった。

蓮井香奈は退院し、学校にも復帰していた。こないだＷｏｒＬＤで会ったときは元気そうだったが、親とはずっと口をきいていないと言っていた。いずれダニエルに会いに行くつもりらしく、高校ではすぐにバイトをはじめると息巻いていた。

イソベンは高校受験もそっちのけで、ＳＤＰにハマりっぱなしだった。ゲームをプログラミングしてリリースし、その筋ではそこそこ名を売るようになった。やがて有名進学校の受験を取りやめ、ＳＤＰで実績を上げる道を選んだ。

ミカソンはあいかわらず海外にかぶれているようで、アメリカンハイスクールへの入学を目指し、冬休みにはまた短期留学もした。が、おしくも試験に敗れ、国内の語学系女子校へ通うこととなった。おそらくは分不相応のチャレンジだったと思うのだが、本人はそれを認めず、試験日の体調の悪さを数回にわたって解説していた。

オレはといえば、取り立てて目的があるわけでもなく、手近な公立校へ通うことにした。それでもミカソンよりは上のレベルだったため、案の定多大なひんしゅくを買った。軽い気持ちで皮肉を言ったせいで、ミカソンから久しぶりに本格的な暴力を受けた。

オレは桜並木のはじっこを歩き、すでに散ってしまった花の束を踏みしだいた。そして、人とのつながりについて考えていた。

つながりって、いったいなんだろう。

出会いや別れは、いつも突然に、偶然に、やってくる。

オレは家族や友達と、どのくらいつながっているんだろう。

花の束を蹴り上げると、土と桜のにおいが広がった。いいにおいだとは思わなかったが、どこか懐かしい香りがした。

そういえば、お父さんには妹がいた。オレは幼少時にお父さんと旅をしたが、その最後の一年間に妹さんが合流したらしい。だが、帰国してすぐ、その妹さんは自殺した。それから、お父さんはまた旅に出た。そんなような話を聞いた覚えがある。

お父さんが妹とどのくらい仲がよかったのかはわからない。オレは顔も覚えていない。ただ、旅に合流してくるくらいだから、よほどのつながりがあったんだと思う。

そんな身内を突然なくしてしまったら、どうなってしまうのか。数少ない頑丈な絆（きずな）が突然切れてしまったら、どんな心境になるんだろう。

気がついたらオレは、電車に乗っていた。

お母さんに連絡してその場所を聞き、ケータイの地図を頼りに歩いた。

海が眺望できる岬の、民家すらない殺伐（さつばつ）とした海岸に、その墓地はあった。

お父さんの、妹の墓。

風が吹きぬけていた。無骨な崖のふちに、波が寄せては砕けていた。空は水色で、海は紺色だった。名も知れない鳥が飛びかい、ギャアギャアと騒いでいた。

オレは墓の前にしゃがみ込み、しばらく途方に暮れた。墓石にはただ、『加是愛之墓』と彫られていた。それを見て、妹さんの名前が愛だったということを思いだした。

もともとオレは記憶に弱いし、しかも三〜四才のころの話だから、彼女との関わりを思いだすことはない。ここまで来ても、顔すらまったく思いだせなかった。

だがきっと、オレとのつながりは深かった人だ。墓参りできたのは、よかったと思う。

オレは立ち上がり、伸びをした。そろそろ帰ろうと思ったときに、ふと思いだした。

通常の墓は、墓石の手前の拝石をずらすと、下が納骨室になっている。そこには遺骨と一緒に、一族のお宝が埋葬されている場合がある。そんな話を聞いたことがある。

オレはあたりを見まわした。もちろん人っ子一人いない。

しばし逡巡した。が、これを不謹慎というか好奇心というかは、考えるだけ無駄だ。

オレは拝石をずらし、中をのぞいた。穴は思ったより広かったが、壺が中央に置かれているだけだった。その横に、ビニールのパックが立てかけられていた。目をこらすと、透明なパックの中に、書類のようなものが入っている。

封筒だった。手にとって宛名の文字を読み、愕然とした。

──『日那多雄へ』

脳みそが、ぎゅっと縮んだ。

ビニールからその手紙を取りだし、体の震えに耐えながら読んだ。

俺のほうは、前回の手紙から四年が経過した。今回はそのへんの近況報告をしよう。

勉強のほうははかどってるか。ちょっとは人間についてわかったかな？

中学校卒業、おめでとう！　元気でやっているか、雄。

最初の三年は、外国をあちこち回ったよ。おまえと一緒に行った国もあれば、はじめての国もあった。わけあって、しばらく転々としていた。

俺はこれまで、人間にとって一番大切なものは〝共感〟だと思って生きてきた。言い換えればそれはコミュニケーションともいうし、愛ともいう。要するに、「人とわかり合う」ということだ。それはおまえにもなんとなくわかると思う。

人はコミュニケーションをして生きているし、共感したり愛を抱くことで喜びを感じる。

でも、それがあまりに不完全すぎて、誰もが絶望を感じるんだ。

人と共感するためには、努力をしなければいけない。

相手がなにを考えているのか、なにをきっかけになにをするのか、なにが好きでなにが嫌いなのか、そういうことを知る努力。自分と同じように、相手を想像する努力。

共感は、共有とはちがう。相手に影響を与え、その相手から影響を受ける相互の絆だと思ってる。わかりやすくいえば、尊敬する相手に、尊敬されなければいけない、ということだ。だから、偉人やタレントから一方的に影響を受けることや、グループの中で同じ服装や同じ価値観を持つことは、共有であって共感じゃない。俺はそう思ってこれまで生きてきた。

人間には、もっと共感が必要だ。

だから俺は、主観と客観を近づけることばかり考えてきた。主観は自分、客観は他人。俺という人格はそれを結びつける接着剤みたいなもので、その接着剤の性能をいかに高めるか。それればかり考えてきたよ。

すべきなのは、自然のふるまいや他人のふるまい、そうした外の世界をより深く知ること。同時に、自分のふるまいについてより深く知ること。そして自分と外の世界との関係を考えつづける。そうすることでようやく、人がなにを考えているのか、なにをしようとしているのか、それらが影響し合ってなにが起こるのか、だいたいわかるようになる。

ただまあ、完全に把握するのは難しい。人間のふるまいも自然のふるまいに似ていて、些細な影響で大きく変化するからな。それは、あの理屈によく似ている。「ブラジルで蝶が羽ばたけば、テキサスで竜巻が起こる」っていうあれだな。

でも、だいたいのことはわかるようになるよ。人のふるまいも自然現象と同じく、不思議なことはなに一つないんだ。たとえば事件の報道なんかは真実をまるで伝えないけど、そこに映る関係者たちの顔をみれば、裏にある真相が見えてくる。たとえ当事者ですらわからなくても、その因果関係は事実としてそこを漂っているから。

ただ、そうやって人のふるまいがわかるようになると、同時に知りたくないことも知ってしまう。

多くの人は、心の底で共感したいと願っているはずなのに、その努力を完全に放棄している、ということを。そしてこの世界では、それが原因で、あきらかに不自然なことが起こっている、ということを。

前置きが長くなったが、そうして世界をめぐるうちに、オレは何度も挫折感を味わった。共感についての、人間についての本質を前にして、このうえない絶望を味わったよ。

このままではまずいと感じて、すべてのコミュニケーションをしばらく断ちたいと思った。そして自分や世界を見つめなおすために、俺は無人島へ行ったんだ。

今回はその、無人島での突撃リポート。


去年の夏（今のおまえからしたら六年半前か）、俺は安いクルーザーを買って、小笠原諸島から真南に下った。

日本には六八五〇の島があるけど、有人島はそのうち四二〇しかない。ほぼ無人島だ。すでに父島の周辺のほとんどが無人島だったけど、俺はさらに南へ、人の気配が完全に途絶える場所まで下っていった。

硫黄島を越え、グアムまで行かないあたりで大きめの島を見つけ、そこに船を停泊させた。浜からすぐの森にテントを張ったよ。一ヶ月くらい滞在するつもりだった。けれど、着いたその夜にさっそく嵐が来た。テントが飛ばされないよう修復しながらなんとかしのいだ。パニックだよ。持ち込んだ食料の大半が一晩でだめになった。朝になって浜に出て、さらに愕然とした。クルーザーが跡形もなく消えていたよ。

身も凍るアクシデントだった。すぐに、死を覚悟した。ケータイはもちろんつながらず、わずかに残った食料がつきて、生還できる見込みがないことに思い至った。

ただ自分を見つめなおすための旅だったはずなのに、とんでもない。それまでの思考や行動が、一瞬で無意味なものになった。

それからは、ただ生きたよ。

持ち出していたサバイバル系の本だけを頼りに、魚をとらえ、火をおこした。茎の根を搾って水を作り、草や昆虫を食べた。映画や物語では、こういうときに生きる実感を得るようなことを言うけど、現実はその逆だ。夜の気配に怯(おび)えながらケムシやカマキリを食べていると、自分がなにをしているのか、そもそも存在しているのかすらわからなくなってくる。誰も自分の存在を知らないということは、存在しないのと変わらない。誰にも見られていないから、自分がなにをしているのか自分でもわからなくなるんだ。

それは、あの理屈によく似ている。誰かが観測するまでは、その物質がどのように存在しているか確定されない、てね。俺は今さらながら、人の存在がコミュニケーションで成り立っているという基本的な事実を、はじめて身をもって実感したんだよ。ちなみにな、虫は醜いやつほど美味(うま)い。蜘蛛(くも)なんかは足をちぎって食うんだけど、チョコレートの味がするよ。

一ヶ月くらいたってようやく慣れはじめたころ、寝ているあいだに小さなヘビに噛まれた。それから熱にうなされ、気がついたら目が見えなくなっていた。

本物の絶望がおとずれた。それまでは漠然と、生きつづければどうにかなると思っていた。でも目が見えなくなっただけで、生きつづけることすら不可能になった。雄、おまえのことばかり考えたよ。

俺は勝手な信念を抱いておまえを置いて出たけど、すべてを取り消したいと願った。世の中のことも、人間のことも、俺自身のことも、どうでもよかった。人類の進化だとか、個人の向上心だとか、すべてがばかばかしかった。人間なんて、そんなものだ。理性も本能も、死を前にしたらけっきょくなんの役にも立たない。

でも数日後、唐突に視力が戻った。

そこで思考が、スパークした。

いろんなことに気がついたよ。今までわかったつもりでいたことが、より深くわかった。説明が難しいけど、「自分はまちがっていなかった」ということに気づいたんだ。俺は俺に意味を見出し、生きることに希望をもった。

とにかく、アクティブに動いたよ。それまでは危険をさけるために行動範囲を狭く(せま)していたけど、それからは島中を移動するようになった。そして内陸付近で、彼らと出会った。

その島の先住民だった。

日本人ではなかった。目つきや仕草で、あからさまな敵意を感じたよ。もしかしたら、過去に南の大陸から渡ってきたものたちかもしれない。食人族である可能性もあった。

対峙し、いったん逃げた。すごくこわかった。

でもすぐに、モードが切り替わったんだ。どうせ新参者の俺が逃げきることはできないだろうし、自分を試すいい機会だと思ったよ。俺の無敵のコミュニケーション能力とやらが、彼らにも通用するのかどうか。俺という存在に、意味があるのかどうか。

自分から彼らに接近し、意思疎通をはかった。

表情、仕草、声音。

友好的な態度と、突発的な脅(おど)し。表面的知性の披露と、潜在的暴力の示唆(しさ)。

それまでの人生で培(つちか)ったすべてのコミュニケーション技術を総動員して、彼らと接した。

数日間ともに暮らすうちに、やがて彼らのリーダーのゼニシが俺の存在を認めた。

いつしか俺はスーパーバイザーのような立場になっていたよ。昔でいう祈祷師(きとうし)や呪術師(シャーマン)みたいなものだな。

すごく楽しかった。まったく新しい人生がはじまる予感がしたよ。

彼らはタナ族といい、一〇〇年ほど前に南の大陸（パプアニューギニア）から渡ってきたらしく、基本的に温厚で聡明だった。六三人の小さな部族で、五つの親族で構成されていた。食人慣習（カニバリズム）にも詳しく、いろいろ教えてくれたよ。大陸にいたころ、彼らの近親にあたる部族が、死者を弔（とむら）う理由で食人をはじめたらしい。あくまで弔いの儀式だったようだけど、けっきょくはその行為が原因でクールーという恐ろしい病が流行（はや）り、多くの死者が出た。タナ族は土地が呪われたことを知り、いちはやく大陸を出てここに辿りついた、ということだった。

数ヶ月間、彼らとともに暮らした。彼らの風習を習い、彼らの信じるものを学んだ。そのうち俺の中で、直前に得ていた天啓がさらに実を結び、いてもたってもいられなくなった。自分はまちがっていなかった、やるべきことを決めなければならない、と。

二ヶ月後に、頑丈な船が完成したよ。

いずれ必ず戻るということを約束して、俺はようやく島を出たんだ。

戻ってきたときには、八ヶ月が経過していた。

そして今、こうして手紙を書いている。さまざまな葛藤（かっとう）が過ぎ、心から余分なものがそげ落ちた。

実感が、確かにある。俺がやろうとしていたことは、まちがっていなかった。

だからまだしばらくは、帰れないと思う。これから俺は、核心に迫るつもりだ。

じゃあ最後に、問題をひとつ。

「おまえは、なんのために生きてるんでしょうか？」

六年前の四月　とある岬にて
加是広助

どこから考えていいのか、わからなかった。

帰りの電車で何回も読み返しては、封筒にしまい、また出した。まずは最初の驚愕に立ち戻って、なんとか気持ちを整理した。

——オレがなぜ、手紙を偶然発見するのか。

まずこの驚愕は、まちがっている。偶然に発見したのではない。それは以前から決まっていた。最後にお父さんと会った、五才のときから。

——お父さんの抱える命題がなぜ、オレのそれと酷似(こくじ)しているのか。

これもきっと、偶然ではない。お父さんにとっては、あきらかに必然だ。

――ではオレの心は、お父さんに操られているのか。

それはちがう。操作されている感覚は微塵もない。あるとすれば、読まれているだけだ。

――お父さんはいったい、なにをしているんだろう。

まったく、わからない。ただそれは、今回の手紙の最後に関係している気がする。

――オレは、なんのために生きているんだろう。

そんなこと、わかるわけがない。少なくとも今は、答えなんてない。前回と同じく、これは命題の誘導だ。

家に戻り、お母さんに手紙を見せた。

お母さんは黙ったまま一読して、大きく息をはいた。

「まったく、なにやってんだか」苦笑していた。「広助っぽいね。大丈夫かなあ、この先」

「これ読んでも、お父さんがなにやってるかわからない?」

オレが聞くと、お母さんは両手を後頭部の後ろで組んだ。考えるときの癖だ。

「――謎だなあ。そのうち、伝えてくるんだろうけどねえ」

「じゃあ、手紙を発見するのがいつも偶然じゃない、てことについてだけどさ」

オレは自分の中の疑問点を話した。行動を操られているというよりは、読まれているという可能性について。お母さんはそれを聞くと、両手を崩して答えた。

「まあこの際、行動を読まれるのも操作されるのも同じことよね」

「はあ？　どういうこと？」

お母さんは微笑みながら椅子に座った。楽しげにオレをながめる。

「昔から雄、イタズラばっかりしてたけど、わたしはすべてお見通しだったわよね」

「ああ、まあね」

「今ならそれ、わかるでしょ。たいていの親だったらあたりまえのことだって」

「たしかに。ガキのやってることなんてオレでもわかるし」

「じゃあたとえば雄」お母さんはオレの目をのぞき込んだ。「今幼稚園児を前にして、ひと言もしゃべらずに笑わせたり、泣かせたりすることはできると思う？」

「ひと言もしゃべらずに？」すこし考えて、答えた。「たぶん、できると思う」

「じゃあ、ひどく怒らせたり、震え上がらせたりは？」

「……どうだろ」できないとは言いたくなかった。「難しいけどまあ、できるかな」

表情や仕草だけでなく、全身のオーラを発揮すれば可能かもしれない。

「広助はね、そんなことばっかりやってきた人だよ。大の大人に対して、言葉なしで感情を動かせるみたいだしね。だから、人の考えや行動も操作できる。気持ち悪いでしょ」

「え、どうやって?」

「だから、人のことばっかり考えて生きてれば、そのうちできるようになるんじゃない? だって、人の考えや行動がわかるってことは、その動かし方もわかるってことでしょ」

そうか。しかもコミュニケーションにおいて、言葉の効力はたったの七パーセント。非言語コミュニケーションとやらを駆使すれば、触れずとも人を動かせるのかもしれない。

「だからさっき」オレはつばを飲み込んだ。「読むことと操作することは変わらない、て?」

「だと思うよ」お母さんはため息をついた。「でもま、どっちにしろ興味持てないけどね」

「はあ?」

でたー。己基準の無関心(エンペラーズスーパーマイルド)ー。

「なんでよ?」

「なんでって言われても」お母さんは苦笑した。「まあたしかに、そんなことができるってことは、自分の感情もコントロールできる、てことだからねえ。そこんとこは、うらやましいかもしれないけど。でも他人を動かそうなんてめんどくさいでしょ」

「いや、かなりすごいことだと思うんだけど」

「ふうん。あ、そう」

お母さんはニヤニヤしながら、ふとなにかに気づいたように言った。

「そういえば雄。あんた、手紙を見つけるのは決まって卒業式だよね」後頭部で手を組む。「なんでだと思う？ そもそもさ、卒業式といえばなに？」

「うーん？」なんだろう唐突に。「――卒業式といえば……」

「仰げば尊しでしょ」

「え」

唖然(あぜん)とした。たしかにその歌が、脳裏をよぎっていた。

「やっぱりね」お母さんはいっそうニヤニヤした。「おかしいとは思ってたのよ。このへんじゃうちの中学だけでしょ。今時、仰げば尊しなんて歌わないから」

「どういうこと？」

「だから手紙を発見するためのキーは、仰げば尊しでしょ。たぶん、雄が五才で広助と再会したときに、ＢＧＭみたいにどこかで流れてたんだろうね」

「仰げば尊しが？」

「で、雄がかわいい声で口ずさんだりしたんじゃないの？ それで、広助がタイムカプセルの話をしたり、愛ちゃんの墓の話をしたり、まあ仕込みのしかたはわからないけど」

「……」オレは考え込んだ。「そんなことで？　何年もあとにオレが動いたの？」

「動いたっていうか、動く確率が高いのは確かでしょ。で、そこにいろんな仕込みを加えて、その確率を高めたんだよ。テクニックの問題だね」お母さんはまた後頭部で手を組んだ。「それよりもね、問題は学校のほうだよね。今さら仰げば尊しを採用させたのがね」

「お父さんが？」オレは顔をしかめた。「採用させた？」

「そう考えるのが自然でしょ。ていうか、広助ならやりかねない」

「でもどうやって？」

「たとえばさあ、友達のあいだでなにかを流行らせるのは比較的簡単じゃない？　立場の強い人間がそれを好きになればいいんだから。そうすれば勝手に広まってくれるよね」

「立場の強い人間に、どうやってそれを好きにさせるの？」

「そりゃ、人がなにかを好きになる状況を再現すればいいんじゃない。褒(ほ)めるとか、驚くとか、羨望(せんぼう)するとか、ウンチクを与えるとか、まあいろいろと。で、それが最大限の効果を発揮するようなシチュエーションを仕込むんだと思うけど」

「うーん……」オレはうなった。「たとえば、校長先生が仰げば尊しを耳にするシチュエーションを作って、その場で褒めたり驚いたり、ウンチクを披露させたり、さすが校長先生、とか羨望したりして、で無意識的に卒業式に採用させた、てこと？」

「まあ、どうやったのかは知らないけど。似たようなもんじゃないかな」

言うは易し、行うは難し。でも、易し難しのものさしは人によってちがう。もし他人のふるまいが手に取るようにわかるのだとしたら、それは易しいことなのかもしれない。

「じゃあ、小学校のタイムカプセルにも、そんな感じで手紙を忍ばせたのかな」

「それこそ簡単でしょ。だってユウでさえ、本来開けてはいけないものを口先一つで開けてきちゃったわけだから」

……たしかに。

「ね？」お母さんはそこでにっこりと微笑んだ。「そんなカラクリがわかってみたところで、はっきり言ってどうでもいいでしょ？」

「はあ？」

「マジックは種がわかるとしらけちゃうじゃない」

「いやいや、マジックじゃないでしょこれは」オレはあきれた。「そんなこと誰にもできないでしょ。魔法使いみたいじゃん、お父さん」

「そう？　よくいえば、空気を読む達人だけどね。ていうかオタクよ。空気オタク」

「空気を読むっていうか、支配できるわけでしょ？　人知れず場を動かせるんでしょ？

やっぱり魔法じゃん」

「たしかに便利かもしれないけど、逆にその変な能力のせいでイヤになることのほうが多いんだと思うけどね」

お母さんは一瞬遠い目をし、オレに向きなおった。

「でもね、たしか旅に発つとき、広助が言ってたんだよね。『俺みたいなやつがいる理由ってのが、わかったかもしれない』、てさ」

「どういうこと？」

「わからない。でもそれが、今やってることにつながってるんじゃないのかなあ」

「うーん……」

「――とりあえずまあ、おそろしく勝手な人だけどね」

お母さんはそこで、ふふふ、と笑った。

それがやけに女っぽく見えて、オレは苦笑した。

なんとなく、わかった気がした。

「やっぱりお父さんて、魔法使いみたいじゃん。そういうとこ、好きなんでしょ？」

「……なに言ってんの」

お母さんの顔が凶悪になった。オレはかまわず続けた。

「そういえばお母さんとお父さんって、どういうふうにしてつき合ったの？」

「はあ？　なに言って――」

「やっぱり、……お父さんから告白してきたとか？」

「ばかじゃないの！」お母さんが吠えた。「わたしが攻め落としたに決まってるでしょ！」

お母さんは勢いよく立ち上がり、オレの頭を張り飛ばした。

そのまま伸びをし、ゴキゴキと首をならし、腕を回しながら戦場へと戻っていった。

オレは頭をさすりながら、その女戦士の後ろ姿をながめながら、ぼんやりと思った。

――そうか。

戦士は魔法使いに惹かれ、魔法使いは戦士を頼る。おそらくは、そういうことなんだろう。

そうしてできた子供は、伝説の勇者だったのであるッ！

それがこのオレ、日那多雄なのであるッ！

……フフフ。悪くない。

そうしてしばらく、座ったままでニヤニヤと妄想していた。

――それにしてもお父さん、いったいどこでなにをしているんだろう。

## 08　ナチュラリィ

高校一年生。一五才。

まったく新しい風が吹いていた。

高校。そのフィールドには、自由が充ち満ちていた。勉強、スポーツ、趣味、バイト、恋愛。なにをしてもいいという雰囲気が、そこにはあった。とくにオレは中学の顔見知りがいないため、まるで新天地に降り立った冒険者のような気分だった。

オレのモードが、それまでとはがつんと変わった。

とりあえず、浮かれてはしゃいだ。なにしろ、女子がかわいかった。中学では女にまったく興味がなかったのだが、そのうっぷんを晴らすかのようにあらゆる女子に目移りした。

気になった相手を愛（いと）おしく思うまでに三〇分もかからなかったし、入学一ヶ月目には三人の女子とつき合っていたし、その一週間後には全員と破局したりしていた。

そのうち女子たちは、オレに対して警戒心を丸出しにしはじめた。数週間ごとに彼女をかえ、その後も屈託(くったく)なく元カノたちと談笑するオレに対し、ホスト気取りだとか悪魔だとか知能障害というレッテルを貼った。

それでも女子というものは、かわいかった。たいていのことが、愛おしく思えた。

だが、例外もいた。

となりの席の金沢奈々子(かなざわななこ)は、顔はかわいいくせに女っ気がまるでなかった。

「――日那多ってなんでそない元気なん？　見てるこっちが筋肉痛なるわ」

間延びした関西弁でしゃべるし、どこかおっとりとした天然タイプの女子だった。

みんなからはすでに、なにかが一個足りないということで「ロッコ」とよばれていた。

ある休み時間、ロッコは血相を変えて立ち上がった。

「やばい。次の英語の教科書、家忘れてきた。とってこな」

「はあ？　今から？」オレがたまらずつっこむ。「おまえん家まで往復どのくらいよ？」

「所要時間？　あかん、今そんなん計算できるテンションちゃう」

「計算しないとわかんねえのかよ！」

「やばい。どうしよ。せや、屋上か、図書室や」

「そんなところに教科書なんてねえよ」

「いやいや、逃げなあかんやろ」

「逃げてどうすんだよ！　ああもう、オレの貸してやるから。売店でコピーしてきな」

「その手があったやんな。キレるなあ、日那多」

そう言ってロッコは駆けていき、やがて授業がはじまった。しかし、英文を読む順番が回ってきたとき、なぜかロッコは絶句していた。よくよく見ると、日本史の教科書に英語の表紙のコピーが貼りつけられていた。中身をコピーすべきところを、表紙だけ取りつくろっているらしかった。

「最悪やん日那多。どないやねん」

「おまえだよ！」

そんなロッコだから、毎日が妙な失態の連続だった。

たとえば、日直のときにもこんなことがあった。

男子がふざけて壁にヒワイな文字を書いて、先生が激怒した。たとえばチ○コという文字なのだが、潔癖ぎみの先生はとにかく異常に怒った。誰が書いたのか問いただしてもあらわれなかったので、しかたなく日直のロッコに消しておくように頼んだ。

ロッコはすました顔で快諾し、その文字を消しにかかった。クリーナーと雑巾(ぞうきん)で落とすのかと思ったら、なぜかロッコは修正ペンを持ちだしてきた。カシャコン、カシャコン、と音を立てながら、ロッコは慎重にその文字をなぞった。

先生がやってきたとき、そこには鮮やかな白文字のチ○コができ上がっていた。むろん先生は、よりいっそう激怒した。

ロッコという人間には、ある種の才能があった。天然ボケであるだけでなく、性別も不明だった。女でもないし、男でもない。性という概念が欠落しているかのように見えた。

化粧はまちがって宝塚みたいになることがあるし、下着はまちがって一〇〇円ショップで買ってるらしいし、ソックスはまちがってJリーグのオフィシャルものだったりするし、髪型はまちがって男前になってたりするし。

「おまえさあ、もうちっと女らしくすりゃいいじゃん」

オレがたびたびそう言うと、ロッコは大きくうなずき、こう答える。

「ええやんかべつに」

否定かい！　心の中でつっこんでいると、間延びした口調でこう続ける。

「うち自分でもようわからんのよね。カッコええのか。カワイイのか。だったらこのさい、カッコカワイイでええんちゃう？って誰がアサノ・チャバンゲートやねん」

「……」

こんなロッコを追いかけまわす変な男もいる。

上大岡新次（かみおおおかしんじ）。となりのクラスではけっこう目立つ存在で、いつもヘラヘラとした能天気そうなやつだった。ニュウジと呼ばれたこの男とは、入学して二ヶ月目くらいで対峙した。

最初は、ニュウジがオレに因縁をつけてきた。やつが好きになった女子が全員、オレの元カノだったというのが理由だった。

「俺は気づいたら、なぜかいつもおめえのお古なんだよ」ニュウジがぎらりと笑った。

「知るかよそんなもん」

「あ？　ふざけんなよコラ！」

そうして、何度か激しく喧嘩をした。久しぶりに、殴ったり蹴られたりした。

それがいつからか、なにかにつけオレにまとわりつくようになった。

「なあ、カナタン」あるときニュウジが言った。「おめえの席のとなりの子、名前なに？」

「はあ？」オレは呆気にとられて答えた。「金沢奈々子。ロッコってよばれてるけど」

「ロッコ？　なんで」

「天然だから。一個足りないって」ニュウジの顔をのぞき込んだ。「まさかおまえ狙ってんのか？　と聞こうとした瞬間、逆に返された。

「まさかおめえ、その子とつき合ってねえだろうな？」

「はあ？」

「おい」ニュウジの目が血走った。「今回だけは引け！　頼む、今回だけは！」

「……」気が知れなかった。「マジなの……？」

　そうしてさっそくオレの席へついてきて、ロッコにちらちらと意識を飛ばしはじめた。もちろんロッコはいっさい気づかない。ペンを落とそうが、机にぶつかって謝ろうが、大声で話して気を引こうが、なにをしても気づかれなかった。

「ロッコ」オレは見るに堪えかねて言った。「呼んでるぞ。このニュウジ君が」

「うん？」ロッコはオレを見、ニュウジを見た。「ああ、ごめん。誰なん？」

「俺？」ニュウジは落ち着きを取り戻して言った。「となりのクラスの、上大岡新次」

「ああ、きみが新生児くん？　なんか聞いたことあるわ」

「……いや、新次。ニュウジともよばれてるけど、ベイビーって意味じゃなくて」

「ふうん。で、どしたん？」

「いや、なんだかヒマだなあと思ってさ。今度どっか行かない？　一緒に」

「どこに行くん？」ロッコは目をきらきらさせて言った。「なんで一緒に行くん？」

「え？　あ、ああ」ニュウジはオレの肩に腕をのせた。「ヒマだしさ。こいつもヒマだし」

「ちょ……」オレは唖然としてその腕を見つめた。

「うちべつにヒマやないけど。まあええよ、やることないから」

「え？　あ、ああ。……じゃあみんなで、遊園地とか行っちゃう？」

「ええなあ」ロッコの顔がはなやいだ。「アサノ・チャバンゲートって、ええなあ」

「え？　ああ、いいねえ。誰だっけ、それ」

「俳優やん。知らんの？　今度、ムダニパシフィッコ監督の映画で来日するやんか」

「は？」

「しかもティンコ・ズルマケーニと共演やんか。空港で出待ちせなあかんやろ」

ニュウジが眉をひそめてオレを見た。オレは無言でにらみ返した。非言語コミュニケーションで、同行する気はさらさらない、と告げた。

「ちょっとロッコ」あわててニュウジが言った。「それもいいけど」

「やばい」ロッコが血相を変えて立ち上がった。「試写会の整理券予約、今日やった！」

「え？」

「やばい」ロッコはかばんをあさった。「予約せな。あれ？　ケータイないやん。どこや。やばい、あんときや。置きっぱなしや。トイレでムシロ・インジャーネ見てたときや」

そう言って立ち上がり、うろたえた。そのまま、ドタドタと走り去っていった。

「……おい」オレはニュウジをにらんだ。「オレを巻き込むなよ。自力でなんとかしろ」

ニュウジは大きくため息をついた。

「ムリ」

そんなこんなで、けっきょくオレはニュウジの茶番劇につき合わされることになった。

まるで興味のない俳優を空港で待ち伏せするという、それは信じがたいほどの非生産活動だった。しかも二対一だと進展しないとかで、なぜかダブルデートを強要された。

「――頼むよカナタン。心の友だろ。女子を誰か一人呼んでくれ」

「ムリだろ。誰がそんな出待ちについてくんだよ。しかも明日っておまえ」

「そこをなんとか！　なんでも言うこと聞くから。なんでも言うこと聞くから！」

オレはやむなく相手を探した。結果、不本意ながらも幼なじみを召喚（しょうかん）するはめになった。

「――おまたせ、ユウ」

久しぶりに会ったミカソンは、想像以上にあかぬけていた。ポニーテールはあいかわらずだったが、その髪は以前より短めで、白金色（プラチナ）にぬいていた。化粧も服装も洗練されており、うちの学校のどの女子よりも目立つルックスに見えた。

「おまえ」オレは唖然とその姿を見つめた。「アメリカ行ってから変わったなあ」

「なによ」ミカソンがニヤニヤとオレを見る。「今さら惚（ほ）れなおしちゃった？」

ギリギリの時間だった。小走りに雑踏を急

「ばか。むちゃ言うなよ」

　ニュウジたちとは現地で待ち合わせた。時間はぎりぎりだった。小走りに雑踏を急ぎながら、ミカソンの女子校武勇伝を延々と聞いた。

　やがて、オレの下腹に異変が起きた。

「――やべ、ちと悪い」オレは腹をおさえてつぶやいた。「うんこ、行きたいんだけど」

「ちょっと！」ミカソンは舌打ちした。「そういうこと言わないでくれる、わたしの前で」

「んなこと言われても。じゃあなんて言えばいいんだよ」

「知らないわよ」

「……んじゃあ」オレは別の言い方を思案した。「肥料まいてきますとか？」

「なにそれ。よけい汚いし」

「じゃあなんだろ。ベイビー？　出産してきますとか？」

「失礼でしょ赤ちゃんに」

「うーん……」

　オレはそいつを我慢しながら、そいつの別名をさらに模索した。

・忘れ形見

そう。オレは決してこいつのことを、忘れはしない。
・大地への贈り物
そう。それはオレができる、たった一つのプレゼント。
・旅路の果て
そう。長く途方もない旅だったはずだ。水に流してやるさ。
・昨日までの私
そう。くよくよしていた自分に今、さようならを言いたい。
・ピリオドの向こう側
そう。ピリオドという穴から飛びだし、まだ見ぬ無限の彼方へ。


これだ！　オレは勢い込んで叫んだ。

「ピリオドの向こ」

「いーから早く行ってきなさいよ！」

「うっ」

なんということをするのだ！　人がアイデアを発表しているというのに！

「じゃあオレ、ピリオドの向こう側に行っ」

「早く！　なんでダッシュしないの？」

「……」

ダッシュした。後ろを振り返らず。

空港に到着し、ニュウジとロッコと合流した。

そのなんとかという俳優目当てに膨大な人波が押し寄せているかと思ったが、実際はそうでもなかった。せいぜい一〇〇人かそこらが到着ロビーに点在している程度だった。

「いやあ、それにしても」ニュウジはロビーのチェアに腰かけながら、快活に顔をほころばせた。「まさかカナタンにこんなビューティーな幼なじみがいたとはな」

「そお？」ミカソンが嬉しそうにオレを振り返った。「だってさ、カナタン」

オレは答えるかわりにあくびをした。ニュウジがヘラヘラと笑った。

「そのポニーテールも最高だし。なんか、アイドルっぽいよなあ」

「やだー。言いすぎでしょー」

「でも」ニュウジは照れながら言った。「――ロッコには負けるかもな」

「どこがやねん」ロッコは即答した。「誰がアイドルやねん」

ミカソンが爆笑した。ニュウジが苦笑した。ロッコは鼻をかんだ。そんな感じでミカソンは五分もしないうちに二人となじみ、談笑しながら俳優の到着を待つこととなった。

「――で、なになに」ミカソンがニュウジに近づき、耳元でささやいた。「ニュウジくんは、ロッコちゃんとどこまで進んでるの？」

「ちょう待てよ！」ニュウジが小声で叫んだ。「まだそういう段階じゃ――」

「段階っていうかおまえ、ムリだろ」オレはおおっぴらに声を張り上げた。「だいたいロッコ、おまえどういうタイプの男が好きなんだよ」

「なんやねんいきなり」ロッコが即答した。「愛を持っとる人に決まってんやんか」

「愛？」ニュウジがいきごんだ。「だったら俺は、愛に満ちあふれてるぜ？」

「ないない。あるわけない。ていうかまだ、愛を持っとる人見たことない」

「……だったらそれって」ニュウジはうなだれた。「ないものねだりなんじゃね？」

「ないことあらへんでしょ。恋だってあるんやし。愛のほうが確実やけど」

「どっちでもいいっしょそんなの。愛でも恋でも」

「いやいやいや」ミカソンが割って入った。「ニュウジくん、それはちがうよね」

「はい？」

「ロッコちゃんはそういうのこだわるんじゃない？」ミカソンは笑いをこらえながら言った。「愛と恋のちがいくらいわかってないと。ねえ？」

「……」

ニュウジがオレを見て目を細めた。――はい？　こんなとこで救助信号出すなよ。

「わかるよそのくらい」ニュウジ。

「じゃあゆうてみてよ」ロッコ。

「だから……」ニュウジは口ごもりながらも、言葉をつないだ。「愛は真心、恋は下心」

「でた」ミカソンが顔をしかめた。「だめでしょ、読んで字のごとしみたいな。古いし」

「じゃあ、愛は……、愛は、与えるものだろ。恋は、与えられるものとか」

「あかん。そんな一般論」

「愛は」ニュウジが必死に抗戦する。「愛は、気づかせるもの。恋は、気づかれるもの」

「へえー」ミカソンが感心した。「愛は気づかせる義務があり、恋はかくしてもばれてしまう、か」

「意味わからん。だめ」ロッコは言い放った。「もっと深いやろ、もっと」

「愛は」オレも参戦した。「愛は、染みるもの。恋は、滲むもの」

「なんやのそれ。深いのかどうかわからへんやん」

深いだろ、どう考えても！

「愛は、拾うもの。恋は、ばらまくもの」ニュウジ。

「ばらまくのはわかるけど、拾うものちゃうやろ」

「愛は、ヒーローもの。恋は、バラ族のもの」オレ。

「どないやねん！」ロッコは大げさにため息をはいた。「あのな、もっとこう、心にな」

「愛は、信じるもの」ニュウジ。「恋は、……恋は……」

「おしいね。もう一息」ミカソン。

「愛は、信じるもの」オレ。「恋は、チン汁もの」

「ぷっ」

「誰がちんじるものやねん」

「……ロッコ、ちょっといいか？」ニュウジは肩をすくめてみせた。「恋に人をつけたら恋人。愛に人をつけたら愛人だろ。だったらやっぱ、愛より恋のほうがよくねえ？」

「あかんわ、マジで」

「だから、読んで字のごとくはだめだって」ミカソン。

「まったく……」ロッコは落胆した。「そんなんやから、きみらはそんなんやねん」

「……」

ニュウジも、落胆した。太刀打ちできないことに、ようやく気がついたらしい。

「うち、愛がある人なら」ロッコがだめ押しに言った。「男でも女でもかまへんねん」

「……はあ、そうですか」

ニュウジは絶句し、窓の外に目をやった。そのまましばらく、離陸する飛行機に思いを馳せているようだった。

オレはため息をつき、椅子にもたれながら周囲を見わたした。

同じく出待ちをしている若い女子や年配の女性がそわそわしはじめていた。その数がいつの間にか数百に膨れ上がっている。

どうやらもうそろそろらしい。オレはあくびをしながらTVモニタをながめた。

巨大な画面の中で、アイドルの女の子が新曲を歌っていた。その画面の上端で、ふいに白い文字が流れた。地震速報。今しがた、震度二〜三程度の地震があったらしい。

「——ぷっ」

なぜか、斜め前の女性が吹きだした。と同時に、ロビーのそこかしこで笑いの波が起きていた。みんなどういうわけか、同じTVモニタを見て笑っている。

不審に思い、あわててとなりを見ると、ミカソンとロッコは眉をひそめていた。オレはモニタに視線を戻した。アイドルが歌っている。各地での震度の情報がテロップで流れている。それを見ながら、数えきれないほどの人たちがクスクスと笑っている。

意味不明だった。

「おいおい」オレはミカソンに耳打ちした。「なにがおもしろいんだよ?」

「知らないわよそんなの」ミカソンが首をかしげた。

妙な感覚だった。これが出待ちのテンションというやつか?

「——あ、到着したんちゃう?」

ロッコが背後を振り返りながら立ち上がった。到着ゲートの上でサインが明滅している。ポーン、ポーン、という音を発しながら、サインが明滅していた。

「——やっとかよ」

ニュウジが伸びをしながらオレの横に立った。

周囲のギャラリーがざわつきはじめ、みるみるゲートの周りに人だかりができた。

あたりが熱気に包まれていく。TVからは歌が流れている。

サインの点滅が、点灯に変わった。

黄色い歓声があがり、数人のギャラリーが卒倒した。ドサッ、ドドッ、と床に倒れていく。

「おいおいマジかよ……気絶？　まだあらわれてないのに？」

ニュウジがつぶやき、オレたちが苦笑して顔を見合わせたとき、さらにドドドッ、と音がした。ロビーの床全体が揺れた。

「あかん……なんやのこれ」

一〇〇人を超す人間が——集まった人の半分近くが、床に倒れ伏していた。

「正気かよ！　そんなに人気があんの、そのアサノなんとかって？」

ニュウジが爆笑したが、ロッコは不思議そうに首をかしげていた。

周囲はまたたく間に半狂乱となった。空港の警備員やアテンダントが駆け寄り、気を失った人たちを抱き起こそうとした。館内放送が激しく飛びかい、救急隊がやってきた。やがて責任者やら整備員やら売店販売員までもが総出になり、フロアはパニックに陥った。

『――お客様にご連絡いたします。第一旅客ターミナルの到着ロビー、二八番から三〇番までを一時閉鎖させていただきます。その区画におられるお客様はすみやかに――』

「……うそやろ！」ロッコが叫んだ。「会えないんかい！　もうすぐそこにおるのに！」

残ったギャラリーが激しくブーイングをしたが、甲斐もなく全員が強制的に退避させられた。それから数十分ののちに解放されたが、もちろんその俳優は空港を去ったあとだった。

ロッコはこれ以上なく落胆し、その肩にそっと手を置いたニユウジを思いっきりビンタした。ミカソンは爆笑し、ロッコもニユウジも半泣きだったが、オレとしてはむしろ楽しかった。退屈な俳優の出待ちに思わぬオチがついて、意外な収穫を得た気分だった。

だが、家に戻ってそれを知り、青ざめた。

その日の空港でのできごとが、あらゆるメディアで大々的に報道されていた。

俳優の出待ちに居合わせた観客のうち、一六二名が、死亡した。失神ではなかった。呼吸困難による、窒息死。

空港はもとより、あらゆる機関がその原因究明に乗りだした。だが、なぜそれだけの人数が突然呼吸困難に陥ったのかは、不明のままだった。

一部の報道ではこうも伝えられた。

——これは集団自殺ではないのか、と。

# 09　天国と地獄

高校二年生。一六才。

それからというもの、世界各地ではたとえば空港での一件のような、事故とも自殺ともつかぬ原因不明の事態も相次いでいたが、以前に比べそれらが報道されることは少なくなった。けっきょく原因は解明されることがなく、であれば不安をあおってはならないと、無責任な発言や憶測は各国の政府によって規制され、報道が監視されるようになった。

そのせいで世間での危機感はだいぶやわらいでいたが、それは表面的なことであり、実際の自殺者推移のカーブは依然として跳ね上がっていた。先進国も途上国も、いまだに解決策を見出せないまま、自殺に関する法改正を検討するなどの付け焼き刃で事態を傍観するしかなかった。

たしかその日は、朝から風邪ぎみで気が重く、なにもやる気が起きなかった。気分はとにかく最低で、この日が自分にとって重要な一日になるなどとは夢にも思っていなかった。

悶々とごろ寝を続けたあと、午後になってようやくＷｏｒＬＤのマイルームから手近の病院へ飛んだ。３Ｄカメラの前で目を見開き、喉を見せたあと、腕に巻いた測定ベルトが体温と血圧と脈拍などの基本データを送信した。そして案の定、オレは風邪の初期症状だと診断され、デリバリーで薬が届くのを待つこととなった。

ＷｏｒＬＤに医療機関が導入されたのは二年前だが、そのおかげでＷｏｒＬＤ自体の普及率はさらに上昇していた。自宅で診断を受けられるということが、腰の重いシニア層に向けての強力なアプローチとなったらしい。病院が一種の憩い場となっていたシニア層にとっても、ＷｏｒＬＤへの参加はそれ自体が憩い場の拡大につながっていた。

やがて、デリバリーが届いた。薬を飲み、鼻をかんだ。

鼻をかみすぎて、すでに鼻の下が赤くなっている。この鼻水、かんでもかんでもいっこうに止まらない。そうして、無駄な考えにまたとらわれる。

鼻水とはいったいなんなのか。鼻水はなぜ固まって鼻くそになるのか。ほかの動物にも鼻くそがあるのか。そんなことを、考えずにはいられない。

鼻水の役割は、外気に含まれる異物や雑菌を粘液でからめとって食い止めることだ。ウイルスを殺す役割も担っている。そしてそれらの粘液や鼻水が乾燥して鼻くそになる。固形化することによって体内に逆流する可能性がなくなり、排除しやすくなるという理屈。

そこまではわかる。しかし、量が尋常ではない。本当に必然性などあるのだろうか。考えてもわからないため、検索して調べることにした。しばらく見ていくうちに、鼻水と鼻くそについての意外な側面を垣間見た。

幼児は、鼻くそを食べる。チンパンジーも食べる。ある映像では、チンパンジーが鼻に草を突っ込み、鼻水をなめていた。それは塩味のきいたおやつなのだ。

また、古代エジプトでは死者再生の信仰によってミイラを作ったが、もっとも肝心な脳みその部分は、取って捨てられていたらしい。つまり脳みそは、鼻水を作る器官だと思われていたからだ。脳は思考を生むのではなく、鼻水を生む、と。

ここまできて、オレはある一つの結論にたどりついた。

——人間の思考とは、鼻水である。

外部からの侵入を拒絶し排除するためのストッパーであり、空腹時に気をまぎらわせるおやつでもある。

なんということだ！　意識や知性の本質が、そのようなものだったなんて！

オレは愕然とし、肩を落とした。これが本当なら、人は思考によって外部を拒絶するわけだから、決して他者を受け入れられない、ということになる。

たとえば、さまざまな思想や価値観を迎え入れている人は、鼻水が少なく病気にかかりやすい人だと言えるし、偏見に満ちた了見の狭い人は、鼻水の止まらないアレルギー性鼻炎だと言える。まともな人はみな、危険な外部思想を適切に除去して安全な空気だけを吸っている、というわけだ。

オレはどうなんだろう。なんでもウェルカムな超人を気取った、単なる病人なんじゃないのか。

そう考えると、悲しくてとめどなく鼻水があふれた。


気をまぎらわせるために、ニュウジを呼んでナンパにくりだすことにした。

手はじめに駅前のファーストフード店に入る。体調はすでに回復しつつあった。

「――つーか俺はロッコ一筋だって知ってんだろ？　なんでナンパなんか」

ポテトを口に放り込みながら、ニュウジがぼやいた。オレはあざ笑うように言った。

「ま、ビビるのもムリねえけどな」

「ビビってねえし。つーかおめえこそムリだろ、ナンパなんてよ」

「オレはいつも一人でやってるよ。飽きたからおまえを誘ったんだけど……ムリか」

「ムリじゃねえし。つーか余裕っしょ。どんな子でも五分で落とせるぜ」

「は？」オレは鼻で笑いつつ、店内の隅を見やった。「――じゃあ、三人同時いける？」

「余裕！」ニュウジは立ち上がった。「全員のケータイ聞いてくるよ。五分でな！」

ニュウジはさっそうと歩いていった。一番奥のテーブル席に、女子大生っぽい三人が座っていた。一人は超絶美女（ウルトラトリートメント）、もう一人は無問題女性（スタンダードコンディショナー）、最後の一人は少々難有女性（リンスインシャンプー）。

さあ、どうやって攻める？

ニュウジはいきなり、そのテーブルの空いた一席に腰かけた。三人が唖然とするが、かまわず笑顔でなにやら説明している。指で三とか五を示して、立ち上がって欧米人のように肩をすくめ、恥ずかしそうに周りを見やって、大きな声で「な？」と言った。女子の一人がぷっと吹きだし、それを合図にどっかりと座り込んだ。一分経過。

それからしばらく、吹きだした無問題女性（スタンダードコンディショナー）に焦点を絞って話しつづけ、たまにもう一人の少々難有女性（リンスインシャンプー）に相づちを求め、超絶美女（トリートメント）には目もくれなかった。基本的にオーバーアクションの連続を採用し、キメの部分で声量を二倍にしていた。二分経過。

無表情だったトリートメントが一瞬笑顔をみせたが、ニュウジはそれに気づかないそぶりで依然として最初のコンディショナーに話しつづけた。リンスインシャンプーがジュースを飲もうとした瞬間、ベストタイミングでなにかのオチをそのリンスインシャンプーに向けて発した。リンスインシャンプーはジュースをブッと吹きだして笑い、それにつられてトリートメントが意外な爆笑をみせた。三分経過。

ニュウジは会話の矛先を三人に分配しはじめ、質問をして回った。順番は初期値どおり、コンディショナー↓リンスインシャンプー↓トリートメントだった。彼女らの答えを聞いてふいに真剣な表情になったあと、右手を高々と上げてなにかを提案した。同意を求める眼差しを、ここでようやくトリートメントに絞って投げかける。コンディショナーとリンスインシャンプーはそれに注目し、やがてトリートメントが同意の意を示した。四分経過。

全員がケータイを取りだした。完全に和んだ空気の中で、たがいにやりとりをかわしていた。やがてニュウジは立ち上がり、なにかを言いながら親指を突きだした。女子たちがクスクスと笑って手を振るのを背にし、ニュウジがこちらに戻ってきた。五分経過。

「――とまあ」ニュウジは鼻息も荒くつぶやいた。「ざっとこんなもんよ」

「あ」オレは振り向きざまに言った。「わりい、ぜんぜん見てなかった」

「うそつけ！」

「わかったよ。オッケーオッケー。それにしても、一から十まで常套手段だったよなあ」

「はあ？　なにを偉そうに。おめえじゃとうていまねできねえくせに」

「ばーか。余裕だよ」

「じゃあ、やってみろよ」

「今？　ムリだろもう店内は」

そこでニュウジは窓の先を親指でさした。店外を何人もの女子が横切っている。

「……ったく」

オレは立ち上がり、店を出た。


ナンパはテンションが命だと思っているやつは、ただの素人だ。学校の恋愛ごっことナンパはあきらかにちがう。オレにとってそれは、たとえるならルービックキューブだった。

ルービックキューブは、なんの規則性もないランダムに並んだ色をすべてそろえるというパズルゲームだ。横に回し、縦に回し、それにともなって影響される全五四マスの配置を考慮しながら、もっとも効率の良いやりかたで色の入れ替えを行っていくゲーム。しかし、実際は五四マスの配置を延々と計算する必要はない。六面をそろえるための法則は、すでに用意されている。それらの法則をどこで適用させるか、というだけのパズルだ。適用させるための準備をどれだけ効率的におこなえるか、そしてそのいくつかの法則をずばり最良のタイミングで適用できるか。そういう「スピードを競うゲーム」だ。

たとえば、最初に一面をとにかくそろえる。これはナンパでいう第一印象のつかみと同等。その後、側面の四面で、センターマスと一段目の色をそろえる。つまり、相手の女の子の好みを正確にとらえる。さらに二段目をそろえ、背面に着手し、回り道をしない効率的なタイミングでさまざまな法則を適用する。重要なポイントは、各面の色を「同時に」埋めていくこと。この時点でそろっているのはまだ一面のみだが、各面は少しずつ満たされていく。女子は心のパズルがかきまわされ整えられていく快感を味わうことになる。

いよいよ、あといくつかのマスでそろうという時点まできたら、「ルービックスマヌーバー」のようなインパクト絶大の大技を発動。バラバラだったすべてのパーツが突如ぴたりとはまる奇跡に、相手は目眩と興奮をおぼえ一気に陥落する。

男女のフィーリングなんて一面合えばほぼ満足、二面合うことが奇跡だと思っていた女子は、六面ぴたりの相手に命をも投げだす勢いでついてくるだろう。

というわけで、オレは肩の力をぬき、元気はつらつに眼前の娘に向かった。

まずは調子よく一面をそろえる。彼女の服装や小物をネタに、新しい店の情報や芸能ネタを交え、ほかの面をかき混ぜていく。そこにはオレの興味のないあらゆる情報が盛り込まれ、つまりは感情面においてすべてがうそだったが、オレは彼女にとって最高の男である条件を模索し、提示しつづけた。どうやら、難易度は低い。これなら三分もかからないだろう。

そのとき、視界の隅に一人の少女が映った。

オレの体が、硬直した。

同い年くらいの少女。オレの横を通り過ぎる。目が合ったのか、合わなかったのか。視界から消えるまでの数妙間、その伏し目がちな表情に思考を奪われた。

「――なに、どうしたの」

ナンパの相手が、口をとがらせた。オレは硬直したまましばらく黙り、通り過ぎた少女を振り返ることもできず、やがて無言でその場を立ち去った。

オレの内面は、羞恥心で満たされていた。

「なんだよだらしねえ。最終的にビビって逃げだしたってか？」

店に戻るなりニュウジが吠えたが、オレは取り合う気になれなかった。

「……わりい。調子出ないわ。そういえばオレ、風邪ひいてたんだった」

そう言ってニュウジに謝り、一人で店を出た。

すれちがった少女の表情が、なぜか頭から離れなかった。

オレは恥ずかしさにまみれ、街を歩きながら、これまでの自分の行為について再考した。

オレは相手に合わせていくらでもうそがつけるし、そのうそを実行することもできるから、それはもはやうそではない、という自負について。そこに生じた今さらの羞恥心について。

考えるうちに、不安がおとずれた。ナンパのときには何度も明確なうそをつくわけだが、それが人間の日常でなされる行為となんら区別がつかないことに、不安になった。その不安の正体がゆっくりと像を結び、自我の概念をも揺るがしはじめた。

人間には、職場や学校、家庭などのあらゆる人間関係の中で、自分を偽らない瞬間など存在しない。やりたいことをやり、言いたいことを言うなど、人間には決してできない。素(す)になる、という表現をよく使うが、そのときでも人はなにかを模倣しているだけだ。

多くの人は、生きているうえでうそをつくのは必然だと理解してはいるが、じつはうそしかついていない、という事実には気づかない。よく「正直に」とか「自分らしく」とか「ありのままに」と表現される〝固定的な自我〟の概念があるが、それは宗教でいう〝神〟の概念と同じで、ファンタジーだ。理想や願望の範疇のはずだ。とはいえ、人類の九〇パーセントが神を信じているし、同じくらいの人がその偏った自己同一性の存在を信じている。

小難しいことをぬきにして考えよう。

ナンパの相手となったかわいい彼女ら。その顔も、服も、言葉も、テンションも、全部オレにはうそにしか見えない。それはなにかの模倣の連続だし、状況や願望に合わせてそのつど飛びでる創作物だ。オレは故意に事実を創作するが、彼女らは無自覚に自分を創作しつづけている。それはナンパ時にかぎらず、あらゆる日常で同様だ。

では、彼女らが発するべき本当の言葉、本当の感情、本当の行動とはいったいなんなのか。それは実際、知りようがない。事実に関しては真偽を追求できるが、思考や行動に関しては追求できない。本当の自分など自分にもわからないのだから、存在するかどうかもわからないし、そうするとうそと本当の定義もできなくなる。なにがうそで、なにが本当なのか、他人にも本人にも知る術はない。

こうなると、思考の土台そのものが崩れてしまう。でもそれは言葉の限界からくる混乱にすぎない。すべては、アイデンティティは連続している、自我は固定されている、という偏った見方から生まれる混乱なのだ。

だったら、別の仮定を立ててみよう。自我は固定されていない、そして、不連続に変化しつづけるものと考えれば、どうか。

そうすると、対面する人によってころころ態度が変わろうが、言動がいくら支離滅裂に見えようが、どれもうそではない、すべてがありのままだということになりはしないか。

そこに至って、オレは一つの仮説を導きだした。


『自我量子仮説』
・アイデンティティは、波のように形がない。
・誰かと関わった瞬間に、都合に合わせて人格が確定する。
・そしてそれは、不連続に変化する。

なんということだろう！

自我の概念とは、量子論そのものだったのだ！

物質とは粒でもあり波でもある。観測した瞬間に状態が確定する。その状態は連続しておらず、とびとびに変化している。

常識はずれのようにも思うが、この量子論自体、それまでの物理の常識をくつがえした。

ゆえに、この仮説が真実である可能性は、否定できない！

そんなことを考えながら、オレはなんとなく街をぶらついていた。

自分が何者でもなく、何の根拠も確実性も持っていないことに滅入り、足元が浮ついた。

とりあえず、気分を変えなくては。

自販機でコーヒーを買い、なんとなく街路樹の柵に腰かけた。ケータイを取りだし、ＷｏｒＬＤにログインする。

マイルームでは、先日入手したＡＧ（アシスタントガール）のサキが、勝手に部屋の模様替えをしていた。

『おかえりなさい。季節的に明るい色に変えようかと思って』

「オッケー。まかせる」

『メールが一六通、うち知人は二通。ニュースは二四件届いてます』

「全部見る」

文章を目でチェックしながら、その他の報告をサキから聞いた。

オレの部屋には今日六三人がおとずれた。ミカソンとジャスティス以外は見知らぬ誰かだった。ミカソンはオレのライブラリから音楽を試聴し、ジャスティスはオレのスケジュールを確認していた。見知らぬ誰かは、一般公開用のフェイバリット・リストだけを閲覧し、その中のリンクからそれぞれほかへ飛んでいた。

なんの変哲もない訪問履歴のあと、サキが付け加えた。

『イゲタ・ジョウイチという訪問者から伝言があります』

「イゲタ・ジョウイチ？」知らない名前だったが、とりあえず答えた。「確認する」

『――私の主催する将棋のコミュニティに参加しませんか？　初心者も多く、上達用プログラムも多数用意しております。ご興味があれば、ぜひお越しください――　以上です』

「削除。以降、そのユーザーからのメールと伝言を拒否」

近ごろはメールだけでなく、わざわざ訪問して勧誘の伝言を残す輩もいるらしい。

オレはＷｏｒＬＤからログアウトし、コーヒーの残りを飲んだ。

とくにやることも浮かばず、気分も落ちついたため、家に帰ることにした。

そうして重い腰を上げたとき、並木道の向こうから誰かが歩いてきた。

「……！」

目が、合った。

ナンパのときにすれちがった、あの伏し目がちな少女だった。

少女と呼ぶのはふさわしくないかもしれない。おそらく年はオレとさほどかわらない。

だが、そう呼ばずにはいられない純粋な視線が、一瞬オレと絡み合った。

少女は、目を伏せた。オレの心臓が収縮した。手足がしびれ、頭が熱くなった。少女が足を止め、街路樹を見上げた。その横顔を、オレは見つめた。長い黒髪が揺れ、風になびいた。

少女が歩きだしていた。横を行き過ぎるとき、ゆっくりとこちらを向いた。オレは目を伏せ、歯を噛みしめた。顔を上げると、そこにはもういなかった。後ろ姿を追い、踏みだそうとした。だが、動くことができなかった。

この感覚は、なんだろう。

足が過度の運動をしたように、じわじわと熱を持っている。のどから水分が消え、目が霞んでいた。

取り返しのつかないことになる、と感じた。

次の瞬間、オレは足を動かしていた。


少女の名は、執行仁美（しぎょうひとみ）といった。

街路の先でつかまえてから、彼女はそれだけしか言葉を発しなかった。こちらもなにを話したのか覚えていない。まともに言葉を紡（つむ）げたとは思えなかった。オレがしゃべることに障害を感じたのは、これがはじめてだった。アドレスを交換し、わかれた。体内の躍動の処理に困って、酒を買った。電車に乗らずに家まで一時間歩き、そのまま飲みつづけた。やがて世界が消え、オレが残った。そうしてはじめて、気がついた。

それまでの恋愛が、ただのゲームだったことを知った。


執行仁美は、オレの恋人になった。

バラ色の世界という表現を、オレは否定しなかった。

毎日、朝日がのぼるのを楽しみに生きた。


遊園地に行き、海水浴に行った。ヒトミは寡言（かげん）だが、よく笑った。口をおさえてうつむく仕草が、オレは好きだった。

山を散策し、ザリガニを釣った。ヒトミは穏健だが、たまにムキになった。手をさしのべても一度は拒むところが、オレは好きだった。

美術館に行き、スポーツを観戦した。ヒトミは無芸だが、好奇心があった。ともに経験することを喜ぶ姿が、オレは好きだった。

ヒトミがなにかに夢中になるたび、オレは嬉しくなった。すべてに対して肯定的な姿勢に、心から癒された。

ヒトミは、透き通っていた。水や空気のように、純粋だった。それゆえ、ふだんは目を伏せていることが多かった。その目を上げさせるためなら、オレはなんでもした。数ヶ月がたち、盲目的な躍動感が過ぎても、淡い幸福がずっとオレを支配していた。


ヒトミとの七ヶ月は、かけがえのない時間だった。今後も、それについて詳しく記すことはないと思う。実際、しばらく思いだすことがなかったというのに、オレは今、その余情にとらわれている。そうしたことを、オレは望んではいない。


冬の終わりのある日、ヒトミは自分で命を絶った。

「わたし生きてる意味ない」

そんな言葉が、メールで残されていた。

# 10 記憶障害者とアンデッド

高校三年生。一七才。

ヒトミが実際、なにを考えていたのかを知る術はなかった。慟哭（どうこく）しようが、冷静になろうが、オレの中にはなにもおとずれなかった。誰よりもヒトミのことを理解していたはずだが、きっと、なにかを実感していたわけではなかったのだ。

二人はわかり合っていたのではなく、惹かれ合っていただけだという事実と、わかり合えないからこそ、惹かれ合ったのだという事実が、時間の経過とともにゆっくりと体に染みわたった。ヒトミという存在が、少しずつ空気にとけていくのを感じた。

桜が、派手に散っていた。

オレは桜並木のはじっこを歩き、花の束を踏みしだいた。そしてまた、いつかのように、人とのつながりについて考えていた。

この世界は、コミュニケーションで成り立っているという。それは、本当だと思う。友達、恋人、家族――。先輩、後輩、街の人――。絆の深さはそれぞれだ。でもいったい、どれほどつながっているというんだろう。

かけがえのない人もいれば、関心を持てない人もいる。

つながりは常に流動的で、肌で感じることはできない。誰がどのくらい自分を許容してくれるのか。誰をどのくらい自分は許容できるのか。そうしたことが、まるでわからない。

完全にわかり合うことはできないとしても、少しはつながっているんじゃないのか。でもそれは一瞬のことで、すぐに切れてしまうんじゃないのか。そうした思いが漠然と関係を支配するから、人は偽善的になり、疑心暗鬼になり、邪推する。あるいは開きなおり、軽視し、無関心をよそおう。

オレはどうだ。たとえばヒトミとオレは、どこがどうちがうというんだろう。そしてオレはなぜ、大切だと思う人とも、思うようにつながることができないのだろう。

桜の束を、思いきり蹴り上げた。花が舞い散り、土のにおいがただよった。

いずれにせよ、このことはすぐに記憶の表層から霞(かす)んでしまう。

浸りたくても浸れない。なにもかもが長続きしない。オレという人間は、いつもそうだ。

高校での生活は、あいかわらずだった。

ニュウジとはけっきょく一度も同じクラスにはならなかったが、なぜかやつは自分のクラスよりもこちらにいるほうが多かった。こりもせずにロッコを追いかけまわしており、あいかわらずことごとく失敗していた。

「——なんでそんなにしつこいの」オレはあきれて言った。「ロッコのどこがいいのよ?」

「おめえにはわかんねえんだろ、ロッコの良さが。あの新しさが」ニュウジはベランダから校庭を見おろし、舌打ちした。「あいつ、ぼけて見えるけど、本当はちがうんだぜ」

「ぼけてんじゃねえか完全に。空気読めねえじゃん、いっさい」

「仮にぼけてるとしても、空気読めないわけじゃねえよ。読まないんだよ」

「はあ?」

「男でも女でもなく、空気は読まない。最高のオリジナルじゃないの」

「なに言ってんの?」意味がわからなかった。「天然じゃねえか、単なる」

「ま、おめえもいろいろ経験すりゃ、そのうちわかるよ」

「なにをじじいみたいなことを」

そういえば、以前ニュウジの部屋に行ったとき、無節操な趣味の広さに唖然としたことがある。机の上にはDJ用のターンテーブルや油絵の画材がのっており、部屋の隅にはギターや釣り竿、竹刀やキャンバスが立てかけられていた。棚の中では学問や芸術のさまざまな専門書、スポーツ系、趣味系、アウトドアにインドアと、あらゆるジャンルがはびこっていた。いったい、なにをしたいのかわからない男だった。

「まったく、能天気なのかなんなのか」オレはベランダに乗りだし、つぶやいた。「よくわかんないよな、おまえも。単なる多趣味、てやつか？」

「多趣味っていうかまあ、生きてるからにはいろいろやりたいだけっしょ」

二人で校庭を見おろした。放課後の部活動の風景。

生きてるから、いろいろやりたい。でも、なにもしたくなくなるやつだっている。

ふいに、ヒトミを思った。

——わたし生きてる意味ない。

その発想には、実感が持てなかった。生きてる意味。そんなのがある人と、ない人がいるのか？　だったらオレが、生きている意味は？

「なに、どうした」

ニュウジが訝しげにオレを見た。

「おまえ」オレは言った。「生きてる意味って、なんだと思う？」

「……」ニュウジは察したらしく、軽口は叩かなかった。「それは考えたことないね」

「オレにもわかんないけど、わかんないのもまずいな、て」

「俺は逆に」ニュウジは息をついた。「死ぬことの意味を考えるのかもしれねえな」

「死ぬことの？」

「そう。人間て、なんで死ぬんだろうなあ、て」

「なにを今さら。進化の掟だろ。古いのと新しいのが交代しないと」

「進化ってのは、生き残りたいからするんだろ。もし死ななけりゃ、進化する必要もねえじゃん。新しいのも古いのも、ずっと居つづければいいっしょ」

「でも、そんな生物はいないし、この世に存在しつづけるものなんてないだろ」

「それはまあ、スパンの問題じゃね？　いずれ消えちまうのは確かだとしても、人間の寿命が宇宙と同じだっていいじゃねえか、べつに」

「……はあ？」

「人間はあまりにも早く死ぬから、そんな、生きてる意味とかを考えるんだよ。時間がないからなあ」ニュウジはさも当然のように言った。「でも、たかだか一〇〇年で答えなんか出るわけないっしょ。そもそも、そんなあせって出した答えは、まちがってるに決まってる」

「そりゃそうかもしれないけど、実際人は死ぬからなあ」

「だいたい人が考えることなんて、全部本能そのままじゃん」ニュウジは伸びをしながら言った。「喜怒哀楽とか、優しさとか残忍さとか、幸せだとかさ。全部本能そのまま。だから全員、自分勝手」

「あたりまえだろ。思考は本能にもとづいてる。それは生きることと、繁殖することと、死ぬことに、全部結びついてんだから」

「でももし死ななければ、どうなるよ?」ニュウジはニヤリと笑った。「生きるも死ぬも関係ない。繁殖もしてもしなくてもどっちでもいい。そしたら人の考えることは、一八〇度変わるっしょ。そこではじめて、人は知的な生き物になれるんじゃねえの」

「……」

それは途方もない発想だった。

「けど、人間は死ぬだろ。どうあがいたって」

「それはどうなのよ?」

そこでニュウジは、不敵に笑った。

「——俺はね、不老不死を信じてるよ」

「はあ?」

「それも、心の底からな」ニュウジの顔は真剣だった。

「ちょっと待て」思わず顔をしかめた。「不老不死? はあ?」

「不老不死はもうすぐ、実現可能だぜ。実現するためのポイントは、たったの四つ」

「ええ?」

「なんだよその顔は。説明しねえとだめなの?」ニュウジは面倒くさそうな顔をした。

「人間が死ぬ原因ってなによ? 病気と寿命だろ。これを解決すりゃ不老不死じゃんか」

「そうかもしれないけど……、その四つのポイントって」

ニュウジは大きくため息をついた。ベランダから教室に戻り、椅子に座った。

「めんどくせえな。一気に説明するぞ? 覚悟しろよ」

「ああ」オレも椅子に腰かけ、眉をひそめた。

「まず一つ目。活性酸素、フリーラジカルってやつな。こいつは細胞が活動するたびに出てくる排気ガスみたいなやつで、あらゆる病気のもとになるし、細胞自体も壊しちまう。だからこの活性酸素(フリーラジカル)を、抗酸化物質を使って消滅させる。抗酸化物質はいろんな食い物に含まれてるけど、サプリを大量に飲めばまあ、こと足りるな。

で二つ目。iなんとか細胞な。要するに、万能細胞。体ん中のどの部分にもなれるすぐれもんなんだよ。こいつがあれば、内臓だろうが骨だろうが皮膚だろうが、体の壊れた部分をそっくり取り替えられる。もしくは人工臓器でもいいけどな。

三つ目。人工ホルモン。ホルモンはわかるよな? こいつが体ん中のあらゆる生理機能をコントロールしてて、体内を何百種類も駆けめぐってんのよ。でも、年をとるごとにどんどん減ってきて、体が言うこときかなくなってガタがくる。たとえば成長ホルモンならわかりやすいっしょ。二〇代を過ぎたころから激減して、四〇代あたりじゃもうほとんど分泌されない。だから体も作られない。けがしても治りにくい。要はホルモンが人間の体に指令を出してて、けっきょくは死へと導いてんのよ。だから代わりに人工ホルモンを取り入れる。そうすりゃ、いつまでも若い肉体が保てるってわけな。

で最後、四つ目。なんだっけか、テロなんとか。テロリアン？」

「それって」オレは眉をひそめた。「テロメアじゃなくて？」

「そう、それ。そいつのせいで、人間の細胞は六〇回しか分裂できねえ。分裂するたびにテロリアがすり減って、六〇回目に消滅する。で、細胞が死ぬ。だから、テロリアを復活させる薬を注射すりゃいい。実際に作ってるのよ、その薬。テロリーナみたいな名前の」

「でもそうすると」オレは考えながら言った。「その細胞は無限に増殖するってことだろ。それってガン細胞と一緒じゃねえのか？」

「お。いいところに気がついたな」ニュウジは嬉しそうに笑った。「テロリーナ細胞とガン細胞のちがいは、空気を読むか読まないか、だ」

「はあ？」

「そもそも、普通の細胞が六〇回まで分裂するってことは、毎日分裂したら二ヶ月で終わりなんだよ。でも、実際は何十年ももってる。それは、空気を読むからなのよ」

「空気って」

「細胞ってさ、周りにほかの細胞がいるときは、でしゃばらずに分裂しないんだよ。で、となりが死んで隙間ができると、分裂すんの。そんで、位置を察して役割を自分で決めんだよ。これが空気を読む正常な細胞で、こいつにテロリーナを注入しても、だから暴走することはないっつーわけ」

「なるほどな」オレは納得した。「ガン細胞はとなりに細胞がいようとおかまいなしで」

「そう。ほかをぶっ壊してまで増殖しつづけんの。ガン細胞は、空気が読めない」

「ふうん……」

頭が混乱してきた。ニュウジはそんなオレの顔を見て続けた。

「だからまとめるとさ、医学的にはこの四つが不老不死への道だっつーことだよ。フリーラジカルに、iなんとか細胞に、人工ホルモン、そんでテロリアン」

「……なんだかなあ。ほんとの話なんだろうな?」

「ばか。おめえらの知らないところでは常識だぜ。すでに実践されてるし」ニュウジはまた不敵に笑った。「ま、なにも知らないやつは、技術が横にあっても気がつかねえ。知ってるやつでさえ、意志と力と金がないとそこへ踏み込めねえ。でも俺は、毎日踏み込むための努力をしてる。大量のサプリを飲みながら、頭脳と肉体を鍛えながら、力と金を得るためにあらゆる経験を積もうとしてるのよ」

ニュウジの目は力を帯びていた。そしてオレを見据えたまま、言った。

「誰がなんと言おうと、俺は不老不死になるぜ。この美しい肉体と頭脳を保ったままでな」

「……」

なんという野望か。オレは言葉を失った。

こいつは、本気でアンデッドになるつもりなのだ。

「はは」オレは力なく笑った。「それにしても……誰も死なないってのは、やばいだろ」

「なんで？」

「いや、人口が爆発してさ。住む場所とか、食料とか。いろいろどうすんだよ」

「そんなの、一〇〇億が一〇〇兆になろうが一〇〇億倍になろうがかまいやしないだろ。バイオテクノロジーもナノテクノロジーもあるんだし、原子レベルでなんでも自由に作り出せるようになんだから。それに、宇宙はあまりにも広すぎる」

「なるほど。かもな」

「それにな、そもそも肉体は邪魔だからってことで、コンピュータの中に人間がそっくり移住しちまうって話もあるんだぜ」

「はあ？」

「コンピュータの中に人間を作るっていうより、おめえがそのままコンピュータの中に入る、てことだよ。肉体の原子を全部スキャンして、精神のふるまいも再現して、丸ごとコピーすんの。つまりＷｏｒＬＤの分身(キャラ)が、おめえ自身になるわけだな」

「うそだろ……」

「エボランスだっけ？　ＷｏｒＬＤ作った会社が、今マジで研究してるっしょ」

だとしたら、土地だとか食料だとかエネルギーだとかはもう関係がない。

「でもそうなると……、そもそもそれは、人間て呼べるのか？」

「呼べねえってか？　どうして？」

そこでニュウジは楽しそうに笑った。

「んなことより、考えてもみろよ。今は一〇〇億の人がいるけど、一生でできる仲間なんて五人とか一〇人とかじゃん。でも人がもっともっと増えて、寿命もなくなったら、仲間は増えるいっぽうなんだぜ？　何百人、何千人、何万人、てよ。どうよ、わくわくしてこねえ？」

「……」

オレはうなずいた。なんというポジティブさか。

「それによ、死なないってことを前提にすると、人間の考え方はまるで変わるぜ」ニュウジは微笑んだ。「世の中にはいろんな価値観があるっていうけど、それは全部、死が関わってるからな。はかなすぎるっしょ。だいたいみんな、五〇を過ぎたら終わりだって思ってる」

「まあ、終わりじゃないけど、勢いはなくなるよなあ、たしかに」

「あと向上心とか道徳とか悪徳とかなんでもさ、全部期限つきの発想なのよ。死ぬってことと、それまでの期限が前提で成り立ってる。だからしょぼい」

「うん、まあ……」

ニュウジは、目を細めてうつむいた。

「人間はみんな、自分勝手だよな。考えることもやることも、全部自分勝手。どんな聖人でも一緒だよ。でもそれって、死ぬからだろ。自分に期限があるからそうなるんだよ」

「……ああ」オレはまじまじと、ニュウジをながめた。「そんで、おまえは能天気なわけ？」

「なにそれ」ニュウジが顔を上げる。

「自分は死なないと思ってるからだろ？　だからなんでもやりたい。期限なしで」

「そういうこと。経験がすべてだろ。そうすりゃ金とか力も、あとでついてくる、てな」

同感だ。オレにはそこまでの野望はないが、生き方はたいしてちがわない。オレは深く息をついて、眼前の男の顔をふたたびながめた。

「──で、ちょっと相談があるんだけどよ」男は机の中に手を突っ込み、なにかを探した。「せっかくおめえ、来たんだし」ノートを取りだし、オレにわたした。「歌作ったんだけどさ、どうもサビの部分で行きづまっちゃって。ロッコへの歌なんだけど」

「……はあ？」

「愛してる、みたいなのは恥ずかしいじゃん。だからもっとちがう表現にさ」

「なんでここでロッコなのよ」オレは天をあおいだ。「──そもそもあいつ、この世でもっとも自分勝手なやつじゃねえか」

「……おいおい、正気か？」

ニユウジは顔を上げた。ばかだなあ、とオレを見て笑った。


それからしばらく、オレの頭はぐるぐると回りつづけた。

人間の生きてる意味。死んでく意味。可能性。オレの可能性。オレの生きてる意味。

不老不死の話のせいで、思考がさらに白濁する。そして例によって、思考した過程は記憶されない。日がたてばすべてを忘れ、また一から考えがめぐる。

やがてまた、ヒトミが脳裏をよぎる。その表情が、微笑んでいる。

──わたし生きてる意味ない。

一ヶ月が過ぎ、二ヶ月が過ぎても、ヒトミについての記憶だけは鮮明なままだった。どういうわけか、霞まない。映像となって、焼きついている。

それははじめての体験であり、オレは極端にうろたえていた。

自分の記憶というもの自体に、強烈な不信感を抱きはじめていた。


「――ていうか、それが普通なんだけどね、実際」

いつだったか、イソベンの部屋でやつの見解を聞いた。イソベンはそのころSDPで人工知能の学習をしていて、ちょうど記憶のメカニズムについて取り組んでいるらしかった。

「おれ、昔からユウのその記憶の構造がよくわからなくてさ」イソベンは嬉しそうに笑った。「だっておかしいだろ。人との会話とかシチュエーションはなにも覚えてないくせに、それ以外のことは、たとえば知識とか人の性格とか事実は、きっちり覚えてるじゃん」

「べつにおかしくないだろ」

「おかしいんだよ。理屈が通らないの。それにユウ、判断力と行動力は人一倍あるでしょ。もし記憶が弱かったら、そうはならないんだよ。判断力の的確さや素早さってのは、そのまま記憶の正確さと参照スピードに関係するんだから。それを、直感と呼ぶんだけど」

「なに、じゃあオレは逆に記憶力がいいってこと?」

「というかね、たぶん」イソベンは言葉を選ぶようにして言った。「記憶のしかたが、ほかの人とはちがうんだと思う」

「記憶のしかた?」

「――うん。まず記憶ってのは、大ざっぱに分けて二つあるでしょ。一時的に記憶してすぐ忘れてしまうワーキングメモリと、長いあいだ覚えていられる長期記憶ね」

「ふうん」

「ワーキングメモリの記憶は数分で消えてしまうから、ふだんみんなが思いだす記憶ってのは長期記憶だよな。じゃあこの長期記憶はどうやって作られるのかっていうと、これも大ざっぱに二つ。ワーキングメモリを反復したときと、情動がかきたてられたとき」

「情動?」

「情動ってのはほら、動物の持つ根本的な感情だよ。恐怖と快楽ね。敵から逃げたり、食べ物を食べたり、繁殖したりとか、生きるためにもっとも必要な感情。イヌやネコにもあるからね。人間の場合は、喜びや悲しみや怒りとか、俗に言う喜怒哀楽も含まれるかな」

ことか」

「事故の体験や嬉しい体験ってのは、反復しなくても一瞬で長期記憶になる、ていうことか」

「そう。これを利用して、記録の手段がなかった中世の時代では、おそろしいことをしてたらしいよ」イソベンは大げさに眉をひそめた。「なにか重要なこと、たとえば借金や土地の譲渡や結婚の儀式なんかがあると、七才くらいの子供を連れてきてしっかりと観察させるの。そんで、終わったら川の中へ放り込むんだって。その子の情動が激しく反応して、その前後の記憶は精彩なまま一生残る、ていう」

「めちゃくちゃだな」

「でね、話を戻すと、ユウは一見記憶が弱いように見えるけど、記憶法が特殊なだけかもしれない。実際は、常人の数十倍の記憶を、つねに情動を使って長期記憶している可能性がある、て仮説かな」

「はあ?」よくわからないが、とりあえず嬉しくなった。

「まずね、認めたくないけど、ユウの判断力が優れてるということを前提にすると、まず記憶が弱いはずがない。判断力が優れてるってことは長期記憶が豊富でサーチ速度も速いってことだからね。ということはつまり、常人よりも長期記憶がたくさんあるってことで、そうするとユウは、情動をつねに働かせてる、ということになる」

「ふうん。情動をね」

「で問題は」イソベンはまた少し考え込んだ。「にもかかわらずユウがなぜ他人とのやりとりやできごとを記憶しないのか。事実関係も、時系列だけが飛んでるふしがあるし」

「そんなのたいして重要じゃないからじゃないの」

「それと、記憶容量には制限があるのに、なぜそんなに長期記憶を貯め込めるのか」

「まあ、天才だからじゃない？」

「静かに！」イソベンは手を突きだした。「……そうだ、おそらく、パーツを簡略化して記憶してるんだ。体験を、時系列に沿った事象（エピソード）として記憶するんじゃなく、本質のみを拾って記憶する。そのほうが容量も速度も圧倒的に有利だし、汎用（はんよう）性も高い！」

「わりい、ぜんぜん意味わかんねえ」

「だとすれば辻褄（つじつま）が合う。検索速度も圧倒的に速いはずだし」

「おい？」

「ああ、じゃあたとえばね」イソベンは額をおさえてうつむいた。「たとえばこういう体験があったとするよ。『一六才のクリスマス・イブに当時つき合っていた彼女の長谷川千鶴子に指輪をプレゼントしたらすごく喜んだがどうやらルビーではなくじつはサファイアのほうが好きかもしれないという印象を受けた。がそれも定かではなくじつはピアスが良かったのかもしれないがあらかじめ欲しいものを聞きだすよりもさりげなく察してあげるほうが効果的なはずなのでけっきょく正解はわからずじまいだった。でもそのあとに彼女が友達の体験談に過剰に反応したのが大きなヒントとなった。それは素敵なデートスポットに行きふだんは決して入れないような高級レストランで食事をしゴージャスなホテルに泊まったけれど代わりにプレゼントはなかったという内容で、もしかすると彼女は物よりも行為のほうを重要視する可能性が高いということがわかった』、とね、そんな体験があったとする」

「なにおまえ、長谷川千鶴子ってやつとつき合ってたの？」

「それは関係ないよ！」イソベンは声を荒らげた。「いい？　この体験をまるごと記憶するのは大変だし、容量も食うし、無駄な情報が多すぎて思いだすときに検索するのが大変でしょ。でも普通の人はこれをまんま記憶するの。でもこのときユウは、これを無意識的に簡潔に圧縮して記憶するんだよ。しかも情動を利用して、いきなり長期記憶に入れる」

「圧縮って、どんなふうに？」

「たとえば、『女への贈り物は喜ばれる。物か行為か、好みは人それぞれ』、みたいな」

「なるほど」

たしかにそれは当然のような気がした。

「もしこれが本当なら、すごく合理的だよ」イソベンはひどく興奮していた。「時系列や対象の詳細は必要ないから覚えない。できごとに含まれる本質だけを取りだし、印象（パターン）として記憶することでほかのできごとへの応用力を保持する。つまり、あとで使える部分だけを切り取って、汎用性の高い小さなパーツとして記憶する」

「汎用性ね。それ重要っぽいな」

「たとえば、その長期記憶の数が常人の一〇倍で、汎用性が二倍だとすると、単純に常人の二〇倍の記憶量を持つ、ということになるよね。でもその記憶のパーツは小さく圧縮されてるから、一つを取りだしてみてもなんのことかわからない。だからユウは、過去のできごとをほとんど覚えていないアホなやつに見える。けど、思考の広がりや決断の的確さは常人の二〇倍かもしれない、てことだけど……だからか！　直感や第六感で生きてるように見えて、でもそれはまぎれもなく、経験から得た長期記憶による決断にほかならない！」

「おお！　ほかならないのか！」

「うん。でもまあ、あくまで仮説だから」そこまで言って、イソベンは大きく息をついた。「……それに、疑問点が二つあるよ。『なぜ情動をそんなに都合よく制御できるのか』という点と、『記憶を圧縮化するようになった必然性はなにか』という点。普通に生きてて必要ないことが前提になってるからなあ――」

そうしてイソベンはまた、額に手を当てた。

――情動に、必然性。

それについて思い当たるふしを探そうとしたが、オレに見つかるはずもなかった。

その話をなるべく忘れないようにして、帰り道にしつこく反復しながら家に戻った。

家に着くなり、今までオレをばかにしてきたお母さんに対し、この超人的な能力をありのままに、克明に語って聞かせた。

お母さんは一通り聞き終えたあと、鼻でため息をつき、言った。

「へえ。すごいんじゃないの？」

……はあ⁉

でたー。己基準（エンペラーズ）の小馬鹿（リトルホースアンドディア）にした態度ー。

「まあ、話はわかるよ」お母さんは面倒そうにつぶやいた。「記憶のしかたがちがう、ね」

「そうなんだよ！　なぜだか知らないけどね！」

「雄はさ、生まれてすぐに、広助に引っ張りまわされたじゃない」

「ああ、世界を旅したんでしょ」

「かわいそうに。ミルクを片手に、いろんなことをさせられて。おしゃぶりくわえながら、何百キロも歩かされて。でもあんたはけっきょく、なにも覚えてないんでしょ」

「……そりゃまあ、小さかったし」

「よかったじゃないの。おかげでその変な能力を手に入れたんだし」

「……え」

そうか。

想像するだけでおそろしい。一才半からの三年間、親の表情や仕草や言葉を感じて急激に成長する幼児期に、オレは膨大な数の表情や仕草や言葉にさらされた。見るもの触れるものの価値観はバラバラで、接する人間には途方もないバリエーションがあった。

記憶する構造がほかの人とちがってしまうのもあたりまえだ。できごとの詳細をいちいち記憶するとかえって邪魔になるし、印象だけで本質を見極めなければとても対応しきれない。そのために常に情動をかきたて、処理速度と容量をアップさせる必要があった。

「まさか、そのために?」オレはうなった。「お父さんがオレを?」

「どうかな。でもまあ、それに近い目的はあったのかもね。広助、よく言ってたから」

お母さんはそこで、フフフ、と笑った。

「なんでも受け入れられる、器の大きな人間。雄をそういうふうに育てたい、て」

「……え」

「まあでも、とんだオスになっちゃいましたけどね」

——器の大きな人間……。そうだったのか。

オレはゆっくりと息をはいた。そしてふと、以前から気になっていたことを聞いた。

「オレの名前、お父さんがつけたんでしょ？　じゃあやっぱり、雄大って意味かな」

「なに言ってんの。単純にオスっていう意味よ。決まってるでしょ」

「はあ？」オレは面食らった。「マジで？」

「それでも助かったくらいよ」お母さんは吹きだした。「息子の名前をどうするって広助に聞いたら、息子だから、俺のムスコにふさわしい名前をつけよう、とか言いだして」

「べつに普通じゃん」

「ムスコの意味がちがうのよ。だって最初、ピサにしよう、とか言いだしたんだから」

「ピサ？　それが名前？」

「そう。俺のムスコはかたむいてるからな、とか言って」

「そっちかよ！」呆然とした。「ピサの斜塔かよ！」

「でしょ？　だからもっと名前らしくしてって言ったら、バンバン出てくるのよ、変なのが」

「……」いやな予感がした。「なに？」

「ターザンとか」

唖然として、言葉が出なかった。――ターザン？

ジャングルの王者かよ！

「のび太とか」

なにが伸びたんだよ！

「ヤマト」

波動砲撃つのかよ！

「クララ」

立ったのかよ！

「矢吹丈」

立てよ！

「アムロ」

いきまーす！　ってオイ！

「なんなんだよそのネーミングは！」たまらず叫んだ。

「ね？　助かったでしょ？　わたしが猛反対したおかげよ。名前だっていってんのに名字とか入っちゃってるし」

「なんなんだよ！　ていうか全部オールディーズアニメじゃん」

「それでまあ、反対したら広助が怒りだしてさ、『だったらもういい、そのままで！』

とか言って。それでオスになったのよ」

「……」

深いため息が、出た。

どうしたらいいのだろう。最近やっと自分の名前が気に入りかけてきたというのに。

オレは自分の部屋に戻って、寝ころがった。名前の由来は気にしないようにし、天井をながめ、考えを整理しようとした。

いつしかお父さんのことが頭を占領し、気づくとまた手紙を読み返していた。


春になり、高校卒業の時期を迎えた。

進路はみんなばらばらで、それぞれ別の道を歩むことになった。

イソベンは東大に失敗し、国立の工業大学に変更した。ミカソンは大手アパレル企業に就職した。ロッコは芸術系の短大へ、ニュウジはいったん料理の道を目指すと言いだした。

オレは脳内シミュレーションをじっくり数日間かけておこない、その結果、大学には進学せずにベンチャー企業で働くことにした。

オレたちは全員、新生活に向けて力をみなぎらせていたが、世間のムードは久しぶりに不穏な空気で満たされた。

昨年の自殺者数統計が世界保健機関（WHO）によってまとめられ、前年比で一・六倍、突如として二〇〇〇万人を超えたという凶報が発表された。

卒業式の一日が終わった。

お父さんからの手紙を期待したが、届くことはなかった。

## 11　井の中の蛙

一八才。

春休みのあいだは、ＷｏｒＬＤでひさびさに調べ物に熱中した。

なにしろもうすぐ社会人デビューだ。遊び心をふりきってとにかく準備に専念した。おもに日本のベンチャービジネスの事情と、就職先の業界動向を中心に調べた。

就職先は「株式会社ストラテジウス」というコンテンツ・プロダクションで、従業員二〇〇名弱の中堅企業だった。ＷｏｒＬＤ内での企業戦略(ストラテジー)に必要なあらゆる制作物を対象とし、建物の構築からサービスのプログラミング、電子著作物の編集まで、業務内容は多岐にわたっていた。そうした会社は無数にあるため、成功企業の手法と、競合との差別化についても把握する必要があった。

そんなある日、マイルームに来訪者がおとずれた。

「おじゃましてもいいかな？」

四〇代後半の男性で、見知らぬ人物だった。

「はあ、どうぞ……」

ＡＧのハナが笑顔で出迎え、その人のプロフを表示させた。

「オレになにかご用でも？」言いながらプロフを確認し、うなった。「賢者(セージ)なんですか！」

彼の名前は、井桁丈一(いげたじょういち)といった。

ハナの履歴によれば、何度かここへもおとずれているようだった。驚くべきは、一四もの学術分野でドクターを持っており、学問の総合評価として賢者(セージ)の称号を有していることだった。識者(バンディット)の称号を持っている人でさえオレは見たことがないし、ましてや賢者(セージ)は日本にも十数人しかいないはずだった。学問以外でも、たとえば将棋では棋聖と王将の称号なども保有していた。

「あの……」オレはあからさまに萎縮した。「どんな、ご用件で？」

「とくに用件はないんだけどね」賢者(セージ)は微笑んで言った。「今私のエリアで『ドロドロ』という遊びが流行っていてね。興味がわいた。君だろ、最初に主催した小学生って」

「はあ」

「私はニートのようなものでね、暇だから。用もないのにこうして人に会いたくなる」

セージは派手に笑った。反応速度からして、表情センサーをオンにしているらしかった。

「そうですか」オレはなぜだか赤面した。「なんだか嬉しいです」

「おや」セージはオレのプロフを見ているようだった。「どうやら、自己開発プログラム(SDP)のほうは最近進んでいないようだね」

「はい。就職するんで、そっちのほうで忙しくて」

「大学へは行かないのか。まあ、今の時代ではそれも悪くはないかもしれない」

そうして、しばらく雑談をかわした。最近のニュース、話題のコミュニティ、日常のあれこれ。

セージは屈託のない人で、すぐにうちとけることができた。

「——ところで君」セージが真剣な表情で言った。「はじめて会って言うのもなんだが、なにか悩みごとでもあるのかな」

「どうしてですか」

「話してなんとなくそう思ってね。勘のようなものだから、ちがってたらすまない」

「悩みごとはないですけど」オレは少し間をおいて言った。「漠然とした問いかけが、ふわふわとあたりを漂いつづけてはいます」

「へえ。それは?」

「あ、と……。自分はなんのために生きてるんだろう、て」

「なるほど」セージは肩をすくめた。「それは面倒な問いだな」

「だからオレも、突っ込んでは考えたくないんですけど」

「ふうむ。そういうことを生物学的に考えてしまうと味気ないからなあ。すこし、哲学について質問してもいいかな？　君が知っていそうな範囲で」

「いいですよ」

「じゃあ、マルクスが言った『人が生きるために必要な三つの喜び』とはなにかな？」

「ええと」答えは瞬時に浮かんだが、言い方を考えた。「まず、表現する喜び。それを理解・評価してもらう喜び。他人の表現を理解・評価できる喜び。の三つですか」

「うんうん。価値を創造し、理解してもらい、相手をも理解できるということだね。──じゃあ、ウィトゲンシュタインが言った『言語ゲーム』とはなにかな？」

「それは」中でも好きな理屈だった。「人は言葉によるゲームの中で生きていて、言葉は思考ではなく行為として存在している、ということですかね」

「もっと詳しく説明できる？」

　質問の意図がわからなかったが、オレはいつの間にか高揚していた。

「言葉というものは、人間の生活を成立させるためだけに機能するものだから、神とか善悪とか、美とか幸福とか、目の前に存在しないものを定義することは最初からできないってことですよね。つまり言葉っていうのは、現実を表現してみんなで共有するためのもので、その言葉が駆使されたゲームの中に人はいるわけだから、それを超えるような観念は決して表現できない、ってことですかね」

「いいねえ。じゃあ、現実を超える観念は考えるだけ無意味ということかな?」

「いや、表現できないというだけで、観念自体が無価値なわけじゃないと思います。言葉で伝えられないだけで、思いはあるわけですから」

「なるほど」セージはうなずいた。「――それで、今言ったこの両者には共通点があると思うんだが、それはなんだろう?」

「まず両者とも、それまでの哲学を全否定しましたよね。たぶんどちらも、『人はコミュニケーションのうえで成立し、それがなす現実がすべてだ』と言っている気がします」

オレはしゃべりながら、もやもやとしていた考えがまとまっていく快感をおぼえた。

「なるほどね。――だとしたら、観念を体系化して記述することの意義とはなんだろう」

「意義ですか……。証明できない観念は真実ではないから、それはたぶん、娯楽なんだと思います。でも娯楽は、現実を豊かにしてくれますよね」

「では、自然科学以外のあらゆる学問や、宗教や法律などの道徳も、すべて娯楽だと?」

「ですね。芸術と言い換えてもいいかもしれません。真実とは関連性がないけど、人間にとっては必要なもの。とくに道徳なんて、時代によって変わりすぎてあてにならなないし」

「それじゃあ、君の抱える疑問やその解答も、娯楽や芸術の作品みたいなものだな」

「そうですね。単なる言葉遊びかもしれないです」

「はっはっは」セージは快活に笑った。「じゃあ、そうした娯楽や芸術に興じる存在が、知性ということになりそうだ。こりゃ、生きる意味についてどころか、知性の存在理由についても考えないと」

セージは楽しそうに笑った。オレもつられて笑ったが、向こうには伝わらなかった。

「表情が豊かなんですね」

「君もセンサーをつけるといい」セージはひとしきり笑って言った。「感情と表情筋は密接に関わっている。モニタを前に無表情でいる習慣がつくと、いずれ人類から笑顔が消えてしまうからな。表情センサーが導入されたのは、きっとそのせいだろう」

「なるほど。そうかもしれないですね」

オレは頬の筋肉を動かしてみた。

たしかに、こいつが鈍くなると、人に会うのもいやになるだろう。

「――さてと、私はそろそろ帰るかな」セージはそう言って、マイルームのドアを開けた。「また来てもいいかな？」

「もちろんです」

オレは外に出てセージの後ろ姿を見送った。

歩いていくセージの先に、一人の女性が立っていた。セージはその女性に気づかず、正面からまともにぶつかった。

……ん？

ぶつからなかった。ＷｏｒＬＤではあり得ないことだが、物理法則を無視して体がすりぬけた。セージはそれにも気がつかない様子で、そのまま歩み去った。

女性はこちらを見ていた。知らない顔だった。ＷｏｒＬＤのキャラだというのに、どこか神秘的なたたずまいだった。

放心してながめていると、女性の姿がふいに消えた。どこかへ飛んだらしかった。体がすりぬけたのはめずらしい現象だが、なにかのバグにちがいない。そう思いながら、オレはマイルームに戻った。

気にかかったのは、今の娘の雰囲気が、どこかヒトミに似ていたことだった。


四月からは、猛烈に忙しい日が続いた。

ストラテジウスに無事入社し、オレは営業部に配属になった。

初日からいきなりルート営業に同行し、先輩と一緒にＷｏｒＬＤ内の方々を回った。

営業よりも企画や制作が希望だったが、これはこれで天職だった。取引先に気に入ってもらうことなど女子をナンパするよりはるかに簡単だったし、しょぼい案件に説得力を持たせるのはイソベンやニュウジを説き伏せるよりたやすかった。オレは遊びのルールを決める半分の労力で新企画をバンバン社内にばらまき、相手方に立ったシミュレーションを執拗に繰り返すことで、顧客ニーズを徹底的に掘りさげたサービスを提案できた。

ルート営業に一ヶ月同行しただけで、チームの主導権はいつの間にかオレにわたっており、見かねた事業部長がオレをいきなり新規営業へ移した。そこは通常なら上位成績のベテランを配する部署のため、オレはあっという間に社内のホープとして注目をあびるようになった。

若すぎるという点でオレには大きなハンデがあったが、若さがもたらすデメリットのうちの七割は、やり方によってメリットに転じさせることが可能だった。

新規営業はまさに実力の世界だった。企業に単身飛び込んでいくという舞台では、もはや先輩も後輩も関係がない。オレはそれからの行動をあらためて思案した。

オレは出しおしみをしながら、計画の第一段階を実行するための準備を同時に進めていた。入念な仕込みで爆薬をセットし、タイミングを見て爆発させる作戦だった。

そして三ヶ月後、仕込んでおいた二〇以上の見込み案件を一気に成約させた。その結果、二位の先輩と約三倍の大差をつけて、ストラテジウス社史上、歴代トップの売上をとった。

数ヶ月後、沢口社長に呼びだされた。

社長室で対面した沢口社長は、柔和で力強い印象をもった人だった。眼力が半端じゃない。五〇代後半だと聞いていたが、そのせいでひと回り若く見えた。

沢口社長は、オレの提案書をめくりながら言った。

「これ、読ませてもらったけど。なかなか鋭い指摘だと思うよ」目尻にしわを作って微笑み、真顔に戻って続けた。「営業成績がいいのに、企画部に鞍替えしたいとはね」

「だめですか」オレは恐縮して答えた。「その提案書の施策を、どうしてもやりたくて」

「だめじゃないけど、君はまだ営業部に配属されたばかりだし、しかも優秀だからね」

社長は眉を寄せて微妙な表情をした。「なぜ、企画に行きたがるんだ」

「会社をもっと良くしたいからです。できれば、ＷｏｒＬＤ自体をもっと良くしたくて――」

「君の施策が、ＷｏｒＬＤを良くすることにもつながると？」

「そのために、ストラテジウスに入社しました」

沢口社長は一瞬目を丸くし、大きな声で笑った。

「いやあ、そうか。若いのに、まるで誰かさんと一緒だな」

「その誰かさんというのは、沢口社長じゃない誰か、ということですか」

社長はそれには答えずに、唇の端を歪めた。

「ひとつ確認するが」力強い声だった。「この施策は、社内の根本的な体制に関わるね」

「はい。まるごと変わります。ですが、もっともその恩恵を受けるのは、顧客です」

「なるほど。だからこそ、の案か」社長は無防備な微笑みをみせた。「だが、そういうのは難しいぞ。逆にいえばまあ、しがらみのない若者にしかできないのかもしれないが」

「ただ、問題もありまして。社内の協力態勢というか、人間関係の」

「そうだな。君がその若さで、各方面を束ねる現場の指導者になれるのかどうか」

「荒っぽい計画なら、すでにあります」

「ほう」

社長はしばらく黙って、オレの視線を受け止めた。

「やるからには、社内全員の団結が必要です。イコール、ぼくがイニシアチブをとれる状況を作らなきゃいけないわけですが、そこへ至るにはやはり社長の協力が必要で」

社長は黙ったまま目を細め、やがて厳しい口調で言った。

「なるほど。――いずれにせよ、リスクは大きい。無断行動は絶対に禁物だ。すべてを私に事前報告すると約束できるか」

「もちろんです」

「わかった」社長は柔らかい微笑みに戻った。「君は来月から企画部副主任だ。プランの詳細をまとめてくれ。まずはそこからはじめて、三ヶ月後に最初の結果を出してもらう」

「はい！」

「じゃあ、よろしく頼む。私がバックアップする」


そうして、季節がいくつか過ぎた。企画部に移ってからは、仕事内容も人間関係もより複雑さを増し、充実度より疲労度がまさることが多くなった。

ある夜、自分の部屋で企画書をまとめていると、マイルームに賢者（セージ）がやってきた。

どうだい、サラリーマン生活は、とセージがにこやかに聞いたが、オレは返答に詰まった。

「ん？」セージは腕を組んで言った。「なんだ、順調じゃないのか」

「順調すぎて、怖いくらいですけどね。会社のホープってとこです」

「なるほど。にしては歯切れが悪いね」

セージは穏やかに微笑（わら）ったが、返す言葉が思い浮かばなかった。

「――なるほどな。つまらないいんだろう？　仕事というよりも、人間が」

「え？」

セージはさらりと言ってのけた。顔が笑っていた。

「そんなとこだろうと思って、今日は愚痴を聞きに来たよ。時間はあるかな？」

「ありますけど、そんな話したってしょうがないですよ」

「私はヒマなんでね。そういう話もたまには聞きたいさ」

オレは笑った。かっこつけすぎな気もするが、こういう大人も悪くないと思った。

「じゃあ、遠慮なくぶちまけちゃいますが」オレは息をついて言った。「自分のことを、つくづく井の中の蛙だと思い知りました。まさか大海がこんなにも狭い——ものだったなんて」

「おいおい、いきなりだな」セージは目を丸くした。「なるほど。しかもその海は、決してきれいとは言えない、と。井の中のほうがよかった？」

「なんというか」オレは遠慮なしにまくしたてた。「そこにいるほとんどの人がなにもやってないことに驚きました。がんばってるような言葉や態度が合い言葉になってますけど、ほとんどはただ漂っているだけです。波は立ちませんが、そのかわり水も濁ります」

「なにもやってない？　でも仕事してない、ということじゃないだろう」

「仕事はしてますよ、みんな一生懸命に。ただ、なんて言えばいいんだろ」

「まあ、わかるよ。でもそのぶん、君への待遇は良さそうだが？」

「それが問題です。実際楽しいんですけどね。でもオレはすごい人たちに早く追いつこうと思ってやってるのに、そういう人たちがいないから待遇が良くなるわけで。結果的に、なにもかもがゲーム的になっていってしまう。そうしないとやってられなくなって」

「具体的に、なにがいけないのかな？」

　オレは息をついた。愚痴は言いたくないが、セージが相手だとつい口がすべる。

「――まず、ほとんどの人がごくあたりまえのことにぴーぴー言いすぎてるんですよね。たとえば上司に怒られたり、取引先に断られたり、同僚と食いちがったり、職場環境が変わったり、そんな天気のようにあたりまえのことが問題になったりして。それで誰かがダメージを受けると、それが毒になって、その毒が誰かにダメージを与えて、そういうくだらない悪循環に場が支配されてますね」

「すると、毒に対する人々の免疫が低い、些細（ささい）なことなのに抗体を作れない、というのが問題なのかな」

「免疫と抗体ですか。てことは、それは病気ということですか？」

「そういう見方もできるかもしれない。病人はほかの病人を癒す余裕はないし、ましてや健康な人の言うことに耳を貸せないからね」

それは少し残酷な見方のような気がしたが、否定はできなかった。

「あと不思議なのは、目的の問題ですね。会社は利益を生むために存在し、それを達成するためにさまざまな美徳を付加しますよね。たとえば顧客の満足度だったり、商品や社内体制の改善だったり。個人も同じで、自分の利益を生むために働き、利益を達成するためにさまざまな美徳を自分に課すのが当然のはずです。けど、利益への欲ばかりが先行して、美徳そのものを持たない、あるいは驚くほど他力本願で、他人の美徳をあてにしてるというか、利益は湧いてくるものだと思ってる人もいる。会社が存在するのも、そこに勤めるのも、明確な目的があるのに、それを達成する方法もあるのに、実践しようとしない」

「うむ。けっこう辛辣（しんらつ）だな」

「実践しないというのは言いすぎですね。追求しない、て感じです」

「美徳を追求しない、ということだね。価値を生まない、ということだ」

「そうですね」

「まあ、起業した会社の九割が倒産するように、それをわかっている個人も一割に満たないということだろうね」

「一割ですか。うちの会社は二〇〇人弱いますが、いまだにオレはまともな会話をしたことがほとんどないですよ。上司の中の二、三人しか話せる人がいません。それでもしばらくは、チーム内でも他の部署でもなんらかの仲間ができると信じてました」

「でも、うわべの情だけはあふれるほど充満しているだろう」

「ですね。けど、誰かは誰かを尊敬してますし、友情を抱いたり、信頼を寄せ合ったりしています。けど、言動や感情にピークレベルを設けるのがほとんどで、ただ暗黙の条件下で気持ちの表層部分を共有しているにすぎない。共感を見たことはないです」

「共感？」

「あ、なんというか、お互いをわかり合うというか、尊敬する相手に尊敬してもらうような、強い心のやり取りというか」

「なるほど。そういうものがいっさいない、と」

「はい。なのでそんな状況だと、オレはますます口をつぐむしかない。うわべだけはまあ、人気者なんですけど」

「じゃあ、どうするね」

「どうしようもないです。これが社会ですから」

「社会というものに人格などないよ。人はすぐに会社や社会というものに空っぽの人格をあてがうが、そんなものは存在しない。あるのは人だけだ」

「そうですね。空っぽの人格を作って、それにすがったり、それのせいにしたり。要するに絶対的なものを作って、それを敵や味方にして自分を安定させるんですよね」

「絶対者の概念だね。宗教や法律も一緒だな。常識や道徳、悪徳や恐怖もそうかもしれない。人は絶対的な存在を作って共有する。それなしで生きられるほど、人は強くはないということだな」

「やっかいなのは、それを作るのも、動かすのも、『みんな』だということですよね。多数決みたいなもんだから、そこからあぶれちゃうとどうしようもないというか」

セージはそこで一瞬沈黙し、腰に手を当てた。

「けっきょく、自分自身を変えてその絶対者に合わせるしかない、と聞こえるが」

「まあ、そうかもしれないですね」

「せっかく培ってきた自我を、壊すのかね。自分自身に美徳や価値を持つ人ほど、絶対者とは無縁になるというのに？」

オレはふと、ニュウジやロッコを思った。ダニエルやイソベン、ミカソンを思った。

絶対者とは無縁な人間ほど、世界からあぶれてしまうのだろうか。

「……わかりません。どうしたらいいのか」

「人々が作るあらゆる絶対者につぶされそうだからといって、なにも自我をどうにかする必要はないと思うがな」

「つぶされそうに？　なっていますか」

「さあ、どうだろう。ただ言えることは、どんなに優れた個体でも、その割合が全体に対してあまりに少ない場合、生き残る確率は極めて少ない。なぜなら、生物の価値は量にあるからだ。それはこの星の歴史が証明している。認めたくはないがね」

「なるほど、量ですか。だから絶対者か。いいネーミングだな」不謹慎にも笑みがもれた。「けっきょくは多数決なわけですね」

「のんきだね。つぶされるかもしれないというのに」

「どうでしょう。ほかに道はないんですかね」

「絶対者の質というのは、なかなか変わるもんじゃない。しかし」

セージは腕を組んだ。

「自分の中に信じる価値があるのなら、周囲を変える力を持つことだ」

「変える力？」

「それが強力なら、量をくつがえせるかもしれない。新しい価値は、そうして生まれる」

「……」たしかに、そうなのかもしれない。「なんだか進化論みたいですね。突然変異で生まれた個体が圧倒的に強ければ」

「そう。いずれ種族はそれに染まる。ただし、量をくつがえすには、圧倒的な質がいる、というのを忘れてはならないけどね」

「なるほど……」

　オレが黙り込むと、セージは肩をすくめてつぶやいた。

「ただ、進化は偶然の結果なのだから、行く末を問うのは無意味に感じるかもしれない」

「ですね」

「でも、知性の場合は別だよ。生き残った人間がなぜ生き残ったかについては、つねに必然的な理由がある、と考えたほうがいい」

「なぜですか？」

「そう考えなければ、私たちがアリやサルと一緒になってしまうからだよ。せっかく生命から知性へとステージが移行したのだから、今後はもっと深く理由を追うべきだ。とくに、君のような人間は」

「オレが？　理由を追うことで、どうなりますかね」

「たとえば、量にのみ込まれなくてもすむかもしれない」

「……」オレは無意識に、大きく息をはいた。「……そうかもしれませんね。これまでずっと無意味だと思ってましたけど。たしかに、モヤモヤしっぱなしです」

「――そういえば君はまだ、一八才だったな」

　そこでセージは、楽しそうに笑った。オレもつられて笑った。

冬にさしかかるころ、ストラテジウス内で次々に自殺者が出た。営業と企画と制作と総務で、一気に六人が他界した。

世間ではすでに、自殺は台風同様さけられない災害だという扱いになりつつあったが、それでも社内には動揺が走り、これを機に士気を高めるための社風改革が全面に押しだされるようになった。

奇しくも、オレの企画部での計画もそこで最終段階を迎えていた。

オレはこの数ヶ月間、社内でのイニシアチブを取ることに専念した。各方面の力関係を把握しながら、どこを押したらどこがどう動くのかを見極めた。それから少しずつ、見えない角度から有力者を押し引きし、各陣営の緊張を一触即発の手前まで高めた。そこで、社長に引き金を引いてもらった。その鶴の一声は、各部門の立場を揺るがせる人事施策で、これをきっかけに営業部や制作部や企画部での全面戦争が水面下で勃発した。

オレは中立的な立場で各陣営を動きまわり、冷戦の仲裁をはかった。顔がまんべんなく知れわたり、同時にイニシアチブが高まっていった。頃合いを見計らい、事態を完全に収拾するための施策があるとして、臨時戦略会議の開催をうながしてまわった。

そうして全役員と事業部長をそろえ、総勢一八名を前にして、オレは演説をぶった。

それは沢口社長に提案した内容の最終項であり、業務内容と社内体制を一気に革新させる、まさに新生ストラテジウスの原石(ビッグバンストーン)となる企画だった。

オレは提案の最後に、こう付け加えた。

「――お祭しのとおり、このすべての施策を実行するとなると多大な労力が必要となります。社内体制も根本からくつがえります。そのかわり、社会における当社の存在意義は大きく変わるはずです。顧客と最初から最後まで二人三脚で成長する唯一の企業となりますし、社内の団結力についても他社に類をみません」

こちらを凝視する一八人の顔を見わたし、続けた。

「なんのために当社があるのか、我々はなんのために働いているのか。ここには記しませんでしたが、そうした答えが、この施策の先にあると思っています。これを実行すれば――」

息を、吸い込んだ。

「社内にも、社外にも、我々にはたくさんの仲間ができるはずです」

しん、と空気が張りつめた。

言葉を発する者は誰もいなかったが、部屋の温度がじわじわと上がるのを感じた。

オレを凝視するすべての視線に、これまでにない熱がこもっていた。

「――なるほどなあ」

ニュウジがチョコの菓子を口にほうりながら言った。

「たしかにその提案、売上的にもモチベ的にも最高なのかもしれねえけど、実際はどうなのかね」

「あくまで理想、て気もしないでもないけど」ミカソン。

「でもな」オレは自分のベッドに寝ころんだまま言った。「世間の九割といわれてる倒産企業や無目的な個人にも、少しは刺激になると思うんだけどね」

「それはどうだろうな」イソベンが小難しい顔をした。「けっきょくどんな状況になっても、そこに競争があるかぎりは、その九割と一割の比率は変わらない気がするけどね」

オレは反論しようと頭をもたげたが、ロッコが派手にくしゃみをしたため機をのがした。

「――ところでよ」ジャスティス。「ストラテジウスだっけ。それってどういう意味？」

「ああ、戦略っていう意味のストラテジーと、ローマ皇帝のユリウスを合わせて」

「なんだよ、やっぱり合成語か」イソベンが鼻で笑った。「しょせんはエヴォナンスのパクリじゃん」

「エヴォナンス？」ニュウジ。「あのエヴォナンス？」

「そう。進化って意味のエヴォリューションと、共鳴や共感って意味のレゾナンスを合わせた造語だよ。それ以降、似たようなネーミングがすごい増えたよね」

「ふうん……」オレは天井を見上げた。「エヴォナンス、か……」

エヴォリューション、レゾナンス。——進化、共感。

一瞬、奇妙な胸騒ぎをおぼえた。

「にしてもユウさあ」ミカソンが声を荒らげた。「あんたいつの間にそんなに偉くなったのよ？」

「おまえのほうこそ調子はどうなのよ」オレ。

「絶好調よ。来年からは広報部（プレス）だから、なんだかんだで欧米に出入りできるし」

「なにおまえ」イソベン。「そのためにアパレル入ったの？」

「あたりまえじゃない。いずれは海外の支社でセレブ生活よ」

「ええなあ」ロッコ。「ケナチョコス・ノダリタスに会えるかもしれんやん」

「なんの話だよ」ジャスティス。

「ロッコもなに、海外行きたいの？」ニュウジ。「どうよ、俺と一緒に——」

「ムリやんかぜったい。ガイジンこわいやんか」

「……はい？」

「ていうかロッコちゃん」イソベン。「仕事はなにしてんの。忙しい？」

「そりゃ忙しいわ。映画見たり、ゲームやったり。ほんま時間足りんし」

「それって、ニートじゃ……？」

「あんたこそ仕事しなさいよ早く」ミカソン。「いつまでも勉強ばっかして」

「勉強じゃないって！　研究だよ」

「……ちょっとおまえらさあ」オレは半身を起こした。「いつまでオレの部屋で――」

「だいたいイソベン、男のくせに汗水流さず金を儲けようって魂胆が」

「誰が儲けようだなんて言ったよ！　おれはエヴォナンスに入りたいだけだし」

「エヴォナンス？」ニュウジ。「あのエヴォナンス？」

「ちがうよ。あのエヴォナンスだよ」ジャスティス。

「どないやねん」

「だからおまえらさ……」

オレはなにかを言いかけたが、あきらめて寝ころんだ。

ぼんやりと窓を見やり、目を細めた。休日の午後の日差しが、やけに眩しかった。

こういう温もりと時間があったことを、久しく忘れていた気がした。


施策案が通り、会社は沸騰した。

オレは企画部の部長になり、施策の全項目の監修に当たった。

ただし監修とは名ばかりで、けっきょくは全事業部の詳細なワークフローをすべて一人で書き起こすことになった。起こりうる問題点、実行するタイミング、部署間で話さなければならない事項など、あらゆることを補足で洗いだした。

にもかかわらず、それらが出そろった二ヶ月後あたりには、すっかり社内の関心が失われていた。オレに内緒で臨時役員会が開かれ、施策の実施はゆるやかに終息に向かった。

社長はその動向には関与しなかった。ただ不本意であることの証(あかし)として、数年後に役員のポストを用意するという通達があった。

プランはあっけなく頓挫(とんざ)したが、すでに絶望することはなかった。残念ながら、それは脳内シミュレーションの大半が指し示していた結果であり、予測の範疇だった。

なぜ企画が実現に向かわなかったのか。理由は簡単だ。もっともらしい理屈をこじつけられてはいるが、けっきょくはこういうことなのだ。

――「面倒くさい」

――「他人の言うことを聞きたくない」

その本質は悲しいほど、子供の発想と変わらなかった。

問題なのは、オレがここまでしておこなってきたことが、会社の刺激になるどころか、むしろ秩序を乱しただけにすぎない可能性があることだった。

オレは予定どおり、会社を辞めた。
それから、二年が経過した。

# 12 計画の予感

二一才。

あれからの二年は、さらに多忙だった。

会社を辞めた直後、お母さんが示し合わせたように妙な話を持ってきた。大学向けにおこなわれるベンチャーキャピタル主催のワークショップで、優秀な学生が半年間ほど集い、手練れのキャピタリストとともに新しいビジネスモデルを模索する、というものだった。お母さんがめずらしく積極的で、ヒマなら参加しとけとオレを強引に引っ張りだした。

それからのできごとは世間でもさんざん取り沙汰されたから、ここではあえて記すことをしない。オレは全力でそれに取り組んで成果をあげたが、けっきょくは疲れ果ててしまった。それが自分のやるべきことだとも思えなくなり、社会での可能性にもついに底を見てしまって、すっぱりとやめた。

「この世のあらゆる経済の営みは、ネズミ講と同じだ」

そんなよけいな持論が増えただけで、以前よりも自分の内面が向上したとはとても思えなかった。

当面、なにもする気が起きなかった。できることはいくらでもあったが、すべきことがなかった。いつの間にかオレは、他人の考えや行動が直感でわかるようになっていたし、そのせいもあって部屋にいることが多くなり、ぼんやりと思索にふける日が続いた。

この三年間の社会生活で、さまざまな人とふれ合った。心のあたたかい人も、たくさんいた。なにかに熱血的に挑む人や、難題をクールに解決する人など、さまざまなタイプの才人がいた。オレは協力的な人たちに大勢囲まれ、真剣に議論したり、笑い合ったりした。はた目でみれば、それは恵まれすぎているほどの人間関係だった。

でも、すべては技術に裏打ちされていた。コミュニケーションのテクニック。自分を守るために、より良い環境を得るために、望ましい状態で生きぬくために、磨いた技術を全力で披露し合っている。もしくは、開きなおって技術を捨てている人もいる。

お父さんは手紙の中で、知りたくないことも知ってしまう、と言った。多くの人は心の底で共感したいと願っているはずなのに、その努力を完全に放棄している、と。

悔しいが、同感だった。

努力の矛先は、みな固定的な自我の維持に向けられていた。技術の隙間からその中を垣間見ると、多くの人が自分のことしか考えていないし、目の前のことしか見ていない。他人とわかり合う方法を考えたことがないし、これからもきっと考えない。

それはまだ予感のようなものだったが、ひしひしと広がってオレの行動を奪っていった。

それまでは、きっと大人の世界にはすごい人がたくさんいて、そんな予感を吹き飛ばしてくれるものだと思っていたが、現実は逆だったのだ。予感は強くなるいっぽうだった。

そうすると、やるべきことが見つからない。学ぶことができない。答えが出せない。

オレはなんのために生きているのか、わからないままになる。

お父さんは、やるべきことがあると言っていた。賢者（セージ）にも、どうやらそれはあるらしい。

イソベンは、工業大から東大の大学院へと進んだ（「執念で東大にもぐり込んだのか」「まあね。いずれエヴォナンスに入るために、必要な研究を先回りしとかないと」）。

ニユウジは、いきなり自衛隊に入隊した（「なんで自衛隊に？」「経験だよ。かっこいいだろ」「戦争が好きなのかよ」「嫌いだよ。でもヘリの免許とか取りてえだろ」）。

ダニエルは、一年半前に年上の美女と結婚したが、すぐに離婚した（「ぼくにふさわしい女性はこの世にはいません」「……そうか」「いや、いるかもしれません」)。

ミカソンは、けっきょく会社を辞めた(「海外セレブ作戦はどうしたよ」「なんだか急にばからしくなっちゃってさ」「どうすんだよこの先」「とりあえず遊ぶわよ!」)。

ロッコは大学を卒業し、自称画家になった(「うち自称画家になりたいねん」「なれるでしょ自称だったら」「ほんまに?」「だって自称でしょ」「マジで?」「……はあ?」)。

みんな、なんだかはりきっていた。目的を持ち、そこに向かって突き進んでいた。

でも一番はりきっていたのは、オレのはずだった。ということは、タイミングが少しちがうだけで、きっとみんな同じ心境にたどりつくにちがいなかった。

それでもオレはまた、この心境を忘れてなにかに取り組もうとするだろう。そしてまた、すべきことがないことに気づくのだ。

――この世界で、いったいなにを? 誰と? なんのために?

オレは部屋に寝ころがり、なんとなくメディアのニュースを流した。

総理大臣が突然辞任したという報道で、あらゆる識者や国民がこぞってそれを非難していた。これまで総理が実際なにをしてきたのか、なにに悩んだのか、なにが問題だったのか、ほとんどあきらかにされないまま、素晴らしい話術で非難のテクニックを披露し合っていた。

別の報道では、食品メーカーが賞味期限の偽装をしていたとあり、それが発覚した直後に社長が自殺していた。その遺書には「食べられるものを捨てたくなかった」とあったが、むろん世間からは関係者全員が吊し上げられ、メーカーはまたたく間に殲滅された。日本ではこうして毎年のように賞味期限が厳しくなり、生産した食料の半分を、食べられるのに捨てていた。そして世界では、毎日五万人もの子供が食糧不足で餓死していた。

　オレはぼんやりと、窓の外をながめた。

　果てしなく続く青空が、その下で繰り広げられる生命の営みが、ひどく不気味に思えた。弱いものを捨て、強いものを残す。そのために存在するこの世界が、ひどく稚拙に思えた。

　世間ではいまだに自殺者が増えつづけていたが、それは地球温暖化やエネルギー危機と同じように、深刻化して手に負えない状態になってからはほとんど報道されなくなった。

　実際には世界の自殺者は、年間三〇〇〇万人に達していた。日本でも一〇〇〇万人に達しようとしている。それでも人がなぜ死ぬのか、いまだにわからない。

　ただ、ある種の暗黙の了解が世界を覆いはじめていた。

　死なないためには、がんばるしかない。生きることに、がんばるしかない。

　未来を見つめる人は、決して死なないはずだ。

だとしたら、オレは？　オレもいずれ、自殺するのだろうか。

——おまえは、なんのために生きてるんでしょうか？


「……？」


なにかを、直感した。

が、それがなにかはわからない。ただ、脳裏のあちこちがうずいた。

そのまま、静かに待った。寝ころび、天井を見つめた。

頭の中はざわざわとしつづけていた。なにかが見えそうになると、波が打ち寄せて砕けた。波が引いたあとにいくつかの断片が残った。それをまた波がすくい、寄せては返した。

突出した個体は大勢の作る絶対者につぶされる。年間六〇万人のリサーチをおこなっている。空気を読めない細胞が無限増殖する。空気を読む達人は触れずとも人を動かす。人間の行動は記憶が動かしている。記憶は情動が司っている。情動はイヌにもネコにもある。進化は偶然の産物だ。それは突然変異で起こる。

待てなければ、変える力を持つことだ。お父さんは、やるべきことをやっている。

エヴォリューション。レゾナンス。

お父さんの妹は、自殺した。

オレは、立ち上がった。

目まぐるしく起こる直感に、理由をつける必要があった。理由を考えるということに、オレははじめて明確な意味を見出した。

選択しなければならない。

たった一つを選択し、ほかをすべて捨てる理由を考えなくてはならない。たとえこの世界のあらゆる事象がたまたま起こった結果にすぎなくても、その原因を力のかぎり追求し、なぜそうなったのかという理由を見つけなければならない。

それは、自分が望む未来を、選び取るために。

そのために人間は努力している。だから、共感したいと願う。

オレはそのために生きてきた。自覚はなかったが、まぎれもない事実だった。

がんばってるかどうかなんて関係ない。がむしゃらかどうかなんて関係ない。

理由を考え、選択することが大切なんだ。

それがない人たちが今、危険にさらされている。


お母さんのもとへと走った。

お父さんが旅立った前後の話をもう一度聞いた。

お父さんは妹の愛とオレと三人でオランダに滞在したあと、急きょ予定を変更して

日本に戻ってきた。そのあとで妹が自殺し、お父さんはまた一人で旅立った。デンマーク、スウェーデン、シンガポール、フィンランド、そのあとはわからない。おそらくは無人島だろう。

オレはパスポートが発行されるまでのあいだ、情動について調べた。イソベンの家におしかけて、情動に関する疑問点を討論した。

情動がどのように創発されるのかは科学では実証できないが、化学反応が起こる経路はある程度あきらかになっていた。ポジトロン断層法（PET）や超伝導量子干渉計（SQUID）で脳を検査することで、どの部位を使って快・不快を処理しているかがおよそ判明していた。

重要なのは、快や不快の情動反応が起こる部位が、脳内のかぎられた範囲に局在しているため、「混在した刺激を受けると矛盾（むじゅん）した行動が発露する」という事実だった。

つまりそれは、人間の行動を外部からの刺激で操作できる、という可能性を示唆している。

パスポートが発行されるとすぐ、オレはアムステルダムへ飛んだ。お父さんの足跡を追うように、デンマークからスウェーデンへ、シンガポールへと移動した。

今だからわかる。

オレも空気というやつがある程度読めるようになった。だがお父さんはもっと、信じがたいレベルで人を動かすことができるはずだ。おそらくその気になれば、一度も

触れることなく、人を死に追いやることもできるのだろう。

だから、気がついた。


フィンランドに到着したころ、ケータイに着信があった。ダニエルからだった。ケータイで話すのははじめてかもしれない。あの懐かしい無表情が画面いっぱいに表示された。

「久しぶりだな！　どうした」オレは言った。「ケータイ使うようになったんだ？」

「本当はイヤなんだ。でもすごく気になることがあったから、マミィに借りたのです」

「なに、どうしたの」

ダニエルは目をつむって考え込んでから、早口で言った。

「いい？　忘れないようにして聞いてよ。前にユウくんは、自殺のことでいろいろ話してたよね。ぼくにもいまだに理由はわからないんだけど、でも、ひどく気になったんだよ」

「——うん」

「前に、イソギンチャクの話したよね。一つ一つの個体は遺伝子がまったく一緒のクローンで、位置によって役割を変えて、まるで細胞みたいだって。人間もそうすると、一人一人は人類という大きな命を支えている細胞だという考え方もあるって。覚えて

るよね」

「ああ」覚えてなかったが、理解できた。「それで？」

「ぼくはこないだから、動物の個体数を順に調べてるんだけども、人類の人口増加のグラフを資料で見てて、あれ、と思ったんだよ。一万年前からの爆発的な増加のカーブに、デジャブを感じたんだよ。なんだろうな、と思ってたんだけど、さっき思いだしたの。それって……、昔に見た、ガン細胞の増殖のカーブだったんだよ」

「……え？　人口増加と、ガンの増殖が、同じカーブ？」

「そう。それで……、もしかして……、人類はガンになったんじゃないかと思って」

「人類が？」オレの胸が、ぎゅっと痛んだ。「……ガンに？」

「――でもね、ということはね、今は治療されてるのかもしれない、て思ったのです。原因不明の自殺がものすごい増加率で増えているから。だから、だからさ、死んでしまってる人は、ワクチンを打たれたガン細胞なのかもしれない、て思ったのです」

「……」

「じゃあ誰がガン細胞なのかって思って、眠れなくなったのです」ダニエルは無表情に顔を強張らせた。「――きっとそれは、役割を持たない人なんだよ。すべきことがわかってない人なんだよ。イソギンチャクの場合は、そうなんだ。役割がわからずに暴走する個体は、仲間に攻撃されるから」

「……そうか」

そうしてフィンランドに滞在したあと、最後にインドへと飛んだ。


わざわざ現地を飛びまわったのには、二つの理由があった。

まず、その場にいたほうが調べごとのモチベーションが上がる。

そして、実際になにかを直感する確率が高まる。

オレは頭の中で時間軸を整理し、それぞれの場所でのできごとを並べ替え、待った。

やがて、確信した。

――世界中で起きている大量の自殺は、自然現象ではない。


すぐに帰国した。

自分の部屋へと戻るなり、ＷｏｒＬＤにつないで賢者(セージ)がログインするのを待った。

マイルームにはＷｏｒＬＤ(WHG)統括事務局からのインフォメーションメールが届いていた。

『画期的なＡＧを現在開発中です。そのＡＧは、これまでの人工知能とは根本的に異なり、人の脳のふるまいと生理現象を簡易的にシミュレートした人工意識を搭載します。あらゆることを一から学習し、ユーザーの感情の変化をも認識する新しい意識生命体です。近日中にＷｏｒＬＤの全ユーザーに無料配布いたしますので、どうぞご期待ください！』

簡易的ではあるが、人の生理現象をもった擬似的な人工意識がすでに開発されていたらしい。それを見ながら、誰かの話を思いだした。

こうした研究がどんどん進むことによって、意識とはなにか、それが存在する意義はなにかという核心に近づき、やがては人間存在の複製（コピー）も可能になるという話だった。ふと、ヒトミのことを思った。もしヒトミが生きていたとして、無限の寿命を手に入れたとして、ヒトミは喜ぶだろうか。生きつづけることに、意味を見つけられるだろうか。

そしていつの間にかまた、お父さんの手紙を読み返していた。写真をながめ、予感を高ぶらせた。きっともうすぐ、会うことになる。その瞬間を想像しながら、待った。

ようやく、セージがログインした。

オレはすぐにセージのもとへと飛んだ。

「おや」セージは椅子に座ったまま微笑んだ。「君から来るとは、めずらしいね」

「はい」オレは立ったままで言った。「少し、話がしたくて」

「どうしたのかな」

オレは自分が冷静であることに驚いた。そして思うがままに、言葉を発した。

「セージは、人間の存在する意味や、進化する意味についてどう考えてますか」

「唐突だな。しかも、質問が曖昧(あいまい)だね」

「セージは、今の人類に失望してますよね。どうしようもないと」

「そんなことはないよ。心配しているだけだ」セージは困ったように笑った。「今のままでは、次のステージに行く前に絶滅してしまうような気がしてね」

「それは技術が先行し、中身が追いついていないからですか。自分のことしか考えられず、増殖しつづけた末に自滅すると？」

「言い方は辛辣だが、そういう見方もできるかな」

セージは呆気にとられたようだが、その口調は落ちついていた。

「じゃあ、人類が先に進むにはなにが必要なんですか」

「——そうだな。一般的にいわれるのは、自分たちが作った技術文明に追いつく平均IQだろうね。そして私が思うに、君の言い方を借りれば、個人が互いに影響し合う共感の文化だ」

セージは微笑んだ。オレはその顔を見据えた。

「オレはやっと、自分に意義を見出しました。思考することの意義を、理由を考えることの意義を、今になってやっとわかったんです」

「ほう」

「この宇宙や生命が誕生したのも、自分がこうして立っているのも、すべてが偶然の産物ですけど、それに理由をつけることによって未来が予測でき、いくつもある可能性の中から、ある目的のために一つを選択することができる。人間にほかの動物とちがった意義があるとしたら、それは『選択権』を持ったということだと思います」

「なるほど」セージが眉を寄せた。「それで?」

「今、世界中の人から選択権が奪われようとしています。だからオレは、それを阻止するつもりです」

「阻止? 自殺を?」セージは困惑した表情になった。「それはどういうことなんだろう。そもそも、その人々にはもとからなにかを選択する意志がなかったとは考えないのか? だから自殺するんだと思うが」

「それはわかっています。けど、今起きている自殺そのものは、自然現象じゃない」

セージは沈黙した。

表情に読み取れなかったが、渦巻くなにかが感じられた。

「選択する意志がないのは確かかもしれないし、だからけっきょくは命を絶つのかもしれません。ただ、それを誘導するのはまだ早いんじゃないですか」

「……」

「セージ」オレは一歩踏みだして言った。「——直接、会っていただけませんか」

「なぜだね」

「あなたのやっていることの、すべてを知りたい」

「なるほど」

セージはしばらく沈黙し、顔を上げた。

「私の正体に、気がついたのかな？」

オレは他意をこめないようにして、答えた。

「——はい」

# 13　旅路の果て

セージが指定した場所は、日本の府中刑務所だった。

なぜこんな場所にいるのかは見当がつかなかったが、とくに意外だとも思わなかった。オレは塀をつたいながら、指定された入口を探した。

門をくぐると、国内最大といわれる威圧感と閉塞感がオレをおそった。待合室ですべての持ち物を預け、それから看守の二人に挟まれるようにして、敷地内を移動した。しばらく歩くと、団地のような古びた建物に到着した。どうやら職員の居住区らしく、その最上階の一室へと通された。中へ一歩入り、「お連れしました」と看守が言うと、奥の部屋から張りのある声が答えた。

「ありがとう。なにかあったら呼ぶので、それまでさがっていてください」

看守が一礼して去り、オレはその場で待った。部屋はきれいで広く、内装が凝っていた。唖然としながら見わたしていると、奥からふたたび声がかかった。

「呼びだしておいて悪いんだが、ちょっと今手が離せない。こちらへ来てくれないか」

オレは奥の部屋へと移動した。

高級そうな机の前で、三つのモニタに向かって作業をしている姿があった。

ジェス・リーズンは、ちらりとこちらを一瞥(いちべつ)し、微笑んだ。

「思ったより、若いんですね」オレは言った。

「そうかな」ジェスはモニタから目を離さずに答えた。「今年でちょうど五〇になるよ」

「四〇手前に見えます」

「それは私が働きすぎ、ということなのかな」ジェスはこちらに目を向けずに笑った。

「すまんね、もうすぐ終わるから待ってくれ。雑談くらいならかまわないよ」

実物のジェス・リーズンは、画像で見るよりも魅力的に映った。アメリカ人ハーフの独特な雰囲気と、鮮やかな金髪、そして豊かな表情が印象的だった。

オレは窓の外に目を移し、聞いた。

「なんで、こんな場所に？」

「私は週ごとに仕事場を変えていてね。日本の法務省へは自己開発プログラム(SDP)の受講環境を提供しているから、顔がきくんだ。特別に私のオフィスを置かせてもらっている」

「刑務所が好きなんですか」

「まさか。私の性質上、同じような場所で仕事をしたくないだけだ。あらゆる人間に触れる必要があるし、あらゆる環境や価値観を知る必要がある。君もそう思うだろ」

「ええ、まあ。……それにしても」

「君はここへ入ったとき、ひどく不快な気分を味わったと思うが」ジェスは一瞬こちらを見た。「多くの受刑者にとっては、ここは安堵感をともなう唯一の居場所だよ」

「安堵感？」意味がわからず、眉をゆがめた。

「そうだろうな。刑務所といえば極悪の巣窟だというイメージがある。しかし実情は、ここにいる三〇〇〇名の受刑者のうち、精神障害者が一五パーセント、身体障害者が三〇パーセント、その双方の特徴を持つ受刑者が一五パーセント、高齢者が一五パーセントだ」

「え？」どういうことだろう。「障害者と高齢者が？」

「大部分を占めている。しかもすべてが累犯だ。社会に住所を持たず、生活保護も見込めず、どうやっても暮らしていけない人たちが、やむなく犯罪をおかしてここへ入ってくる。出ても居場所がなく、すぐにまた戻ってくるしかない。いわば福祉施設だ。日本は、受刑者一人あたりに年間三〇〇万円ものコストを使って、この悪循環を維持しているんだよ」

「……」思いもよらなかった。「ここは、日本最大の刑務所ですよね……」

「そうだな。同時に、税金と人間の捨て場所でもある。そんなどうしようもないムードも、こうして触れてみないことにはわからないだろう」ジェスはそう言って、勢いよく立ち上がった。「さて、すまなかった。本題に入ろうか」

「……はい」

出端をくじかれ、オレはたじろいだ。ジェスは微笑み、部屋の壁沿いのソファを指し示した。オレはそこへ座り、ジェスはウォームマシンからコーヒーを取りだした。

「二時間くらいしかない」ジェスは言った。「移動しなければならなくてね。すまない」

「いえ」目をつむり、頭を整理した。「じゃあ、要点だけに絞ります」

オレはコーヒーを一口すすった。

「二つ、明確にしたいことがあります。『あなたが、なにをしているのか』。『なぜ、それをするのか』。これが知りたくて、直接会って話したかった」

「私も君には一度、会っておきたかったからね。ちょうどいいよ」

ジェスもコーヒーに口をつけ、緩やかな動作で向かいに座った。

「あなたがなにをしているのかについては、オレが話すので聞いてください」

「なぜ、君が話す？」

「たどり着いたからです。そして、あなたに正直になってもらうためです」

「なるほど、共感か」

そう言ってジェスは、ＷｏｒＬＤのキャラと同じように微笑んだ。

「じつに、いい顔つきだね」ジェスがまっすぐにオレを見据えた。「では、どうぞ」

オレは目をそらし、もう一度頭の中を整理した。

軽い深呼吸のつもりで、大きく息を吸った。

「まず、あなたは、インド工科大学（ＩＩＴ）を卒業してオープンネットワークＯＳのＲｅａＳＯＮを公開し、やがてそれをＨａｎＤに仕上げ、人類の共通ツールを作った。次に世界中を飛びまわって折衝を繰り返し、ＢｒａＩＮという統一規格を立ち上げ、人類の計算能力を一つにまとめた。そしてＷｏｒＬＤを構築し、人類の新たな社会展開の場を設け、知性の底上げに全力をつくしている。とにかく、凄まじい偉業です。救世主と呼ばれるのもうなずける」オレはジェスを見据えた。「でも、それは表向きの姿ですよね」

ジェスは黙ったまま口元を歪め、苦笑した。

「表向きの姿、か。古くさい表現だな」

オレはかまわずに続けた。

「あなたがＢｒａＩＮを作った本当の理由は、自分にその計算能力が必要だったからです。ＷｏｒＬＤを作ったのは、あなたの計画を実行する舞台が必要だったからです」

ジェスは苦笑したまま、眉を持ち上げてみせた。

「あなたの目的は、人類から、ある特定のタイプの人間を減らすこと、ではないですか？」

　ジェスが目を細めた。その視線を受け止め、オレは続けた。

「あなたは、その方法を模索していた。細菌やウイルスではなく、精神的な関与でもなく、科学的にも思想的にも解明されない方法で、ある種の人間を大量に減らす」オレは声を強めて言った。「その方法を、おそらくは二七年前、あなたは発見した」

「ほう」ジェスは息をついた。

「あなたは二七年前にＩＩＴを卒業し、大手企業の研究機関に就職が決まっていたにもかかわらず、それを直前で断っていますね。表向きには、独力でＲｅａＳＯＮを作るためだったといわれていますが、それは順序がちがう。あなたはある事件に遭遇して、天啓を得た。それによって目的を達成する目処が立ち、計画を練った。そして就職を蹴り、ＲｅａＳＯＮに着手したんです。その事件とは、インド内陸のある部族の、集団自殺ですね？」

　ジェスは微笑んでいた。オレはコーヒーを一口飲んで続けた。

「二七年前に、インド内陸のある部族に文明が介入した事件です。この部族は近親交配による遺伝子の近い集団で、部族内で独特の価値観と生活習慣を守り通してきた貴重な人種でした。そこへ、人類行動学や遺伝子工学などの学者チームが入り込み、この部族の知能や社会性を測るさまざまなテストをした。その途中で、部族の全員が、ほぼ同じ時期に自殺した。唐突に死んだ、と記録されています。原因はまったくわからなかった。その実験の内容は、図形や映像を用いた設問や、口頭による質問が中心で、薬物の投与や医学的な検査はいっさいおこなっていなかった。だからいくら検討しても、自殺する要因はつかめなかったんです。けっきょくそれは、文明介入に対する根源的恐怖が集団無意識に作用したとか、実験チームがなんらかの禁忌にふれてしまい、部族特有の道徳によって自害してしまったというような、曖昧な解釈で終息せざるをえなかった。しかしあなたはこの事件を知り、まったくちがった解釈をした」

ジェスが腕を組んで目を閉じた。

「あなたはそれを、視覚や聴覚などの五感刺激によって、情動が操作された結果だと解釈した。人間の情動は、外部からの信号や刺激によって過った反応を示すことがあり、快と不快が混在して自己破壊衝動を起こすことがある、という可能性に思い至った」

「そう。だから、順序が逆だよ」ジェス・リーズンが口を開いた。「私はそれに思い至り、可能性を見出した。それから、なにをすべきかという目的をもった」

「なるほど」オレはつばを飲み込んだ。「最初から計画があったわけではなく、方法を見つけてから道があらわれたんですね」

「たいしたちがいはないがね。けっきょくは私の思考がそうさせたのだから」

ジェスはコーヒーをすすり、続けて、と手を差しだした。

「あなたは、人間の情動を操作して、死へと導く方法を模索した。死というもっとも不快なものから〝不〟を取りのぞき、快にすり変える方法です。そして部族への実験手順を参考に、多くの人に試してフィードバックを得た。でもやがて、思いどおりの結果を得るのはひどく難しいことがわかった」

「君は」ジェスが割って入った。「情動反応についてどのくらい知っている？」

「いや、それほどは」オレは考えながら答えた。「たとえば視覚では、色によって攻撃衝動や性衝動が増幅されるとか、幼児の体の型に保護欲を抱くとか、予測できない動きに畏怖を感じるとか。聴覚では、黒板をひっかく音で太古の天敵の威嚇を想起して悪寒をもよおすとか、周波数帯の極端に離れた複数音に対して平常を失うとか」

「それらはすべて、単発刺激の話にすぎない」ジェスは淡々と言った。「複数の刺激を組み合わせた場合、その順序、時間、照射のタイミングで、結果はまるでちがう。正確な結果を得るには、実験とフィードバックを延々と繰り返す必要があるし、膨大なデータから意味ある刺激を抽出するためには、途方もないシミュレーションが必要だった」

「だからあなたには、当時では考えられないレベルの計算能力が必要だったんですね」

ジェスは口を閉じ、先をうながした。

「あなたは、自分に必要な『ツール』と『計算能力』と『実験場』を得るためにまず全精力をそそいだ。同時に、世界各地で情動操作の実験もおこなっていた。最初に目立ったのは一七年前のアムステルダムで、あるかぎられた地区で四〇〇人以上が自殺していきます。世界で唯一の麻薬合法都市であるため、情動操作を実験するにはもってこいの舞台ですよね。オレは当時四才でしたが、おそらくはその場に居合わせていました」

「君が？　すると、君の父親も？」

「父の、妹もです」オレは視線を強めて言った。「その異常現象に遭遇して、父は急きょ帰国しました。その直後に、妹が自殺した」

「……そうか」

ジェスは目を伏せたが、表情は変わらなかった。

「それ以降は、デンマーク、スウェーデン、シンガポール、フィンランドと、立てつづけに自殺者が頻発しています。そこは当時、世界のIT国家ランキングのトップ5(ファイブ)で、立ち上がったばかりのWorLDにいち早く染まった国です。ここでは、WorLDを通じて情動操作実験をおこなったんですね？」

ジェスは無言でオレを見つめた。オレの感情を読み取ろうとしているようだった。

「そのあとは、計画は一気に加速した。あなたはWorLDのリスク管理と称し、世界中から年間六〇万人もの人間を集めて脳波や生理現象を測定した。その結果をもとにＢｒａＩＮでシミュレーションをし、効果的と思われる刺激信号をＷｏｒＬＤにばらまいた。その結果をフィードバックし、また六〇万人に試し、ということを、かれこれ一〇年以上も続けている。そして世界の自殺者は、すでに年間三〇〇〇万人に達しています」

　ジェスは唇を引き結んだまま、オレを見つめていた。

「自己開発プログラム（ＳＤＰ）は、人間を分類するのに最適です。その学習結果や質疑応答（Ｑ＆Ａ）のような心理テストから、『ある特定の』候補者を選抜し、招集して、情動反応のデータを集めることができる。あるいは、その候補者に対して、刺激信号を送信することができる」

「少しちがうな」ジェスが言った。「たしかにＳＤＰは、人間を分類し招集するために使っている。だが、刺激信号のパーツは、すでにＷｏｒＬＤのいたるところにちりばめられているよ。現実の世界にも、いたるところに埋め込んである。つまりこの世のすべての人が、それに触れている。ただ、それに反応するのは、ある特定のタイプの人間だけだ」

「そんなことが」思わずその言葉を疑った。「そのパーツとは、どういう」

「さまざまだよ。色彩や図像（シンボル）だったり、メロディや声音だったり、文字列、人の表情、物の材質と、刺激信号になり得るパーツは無限に存在する。だが、単体ではほとんど効果を持たない。重要なのは、それらの組み合わせ方だ。時間と順番とタイミングによっても、得られる効果がちがう。反応する対象者も、変わる」

「まさか——。じゃあたとえば、街の看板とか、音楽とか、映画とか、出版物とか……」

「そう、世界のあらゆるエンターテインメントは格好の舞台だ。最低でもそれぞれのヒットチャートの一割程度には関与している。だがそれよりも、人の意識が日常的に集中する場面のほうが効果的だ。たとえば、運転時の標識や信号、ナビゲーションだったり、病院や空港などに点在するあらゆるサイン、あるいは建築物そのものが情動操作のパーツとして設計されている例もある。たとえばエヴォナンス・パビリオンのように」

「——!」息をのんだ。「でも……、いったいどうやって……」

思わずつぶやいたが、それは愚問だった。エヴォナンスの志を受け継いだ制作会社は無限に存在するし、情動操作のパーツはとどまることなくＢｒａＩＮが設計し創出しているはずだ。それは明白だったが、ただ問題は——

「人間の情動自体を、そんなにも自由に操作できるんですか」

「それは、ようやく今、できつつあるという段階だ」ジェスは低い声で答えた。「Ｂ

ｒａＩＮの能力と約一〇〇〇万人のデータがあり、対象を絞っても、一〇年以上かかった。対象となる人間をＳＤＰの結果や脳医学で完全に識別できるようになったのが六年前、そしてその対象者の情動作用を把握し、操作結果が安定してきたのがここ最近の話だ」

「……」

深い沈黙がおとずれた。数瞬のあいだ、部屋が静かになった。

「それにしても」ジェスが大きく息をついて言った。「よくここまで到達したものだ。気づく手がかりも、追う手がかりも存在しないはずだが」

「直感です」気を落ち着けるために、コーヒーを一気に飲み干した。「オレの周りには妙な仲間が多くて。父も母も変だし、いろいろ鍛えられたのかもしれません。それに、ふだんのオレは記憶障害者ですから。情動のふるまいが、ほかの人とはちがうらしくて」

「それは興味深いな」ジェスは顔を歪めた。「私の情動研究も次のステップに入っている。情動の制御は、知性体の進化にとってもっとも大きなファクターだよ。ここの制御がうまくいけば、新しい知的生命体を作ることだって可能かもしれない」

ジェスが視線を窓の外に移した。

「時間がないですね」オレは時計を見やった。「あなたのしていることについては、およそ出つくしました。質問に移ってもいいですか」

「ああ」ジェスはうなずいた。「私がなぜそれをするのか、ということだな」

「はい。率直に聞きます」オレは言葉を選んで言った。「その情動操作の対象となる、『ある特定のタイプの人間』というのは？」

ジェスは、窓を向いた。

「――言い方が難しいが」そのまま、思案しながら言葉をつむいだ。「端的にいえばそれは、ただ流れのままに生き、流れのままに死ぬ人たちだ。他者を理解できず、される必要もない人たちだ」

「……具体的に、どういう人のことなんですか」

「具体的な属性などないよ。知能も経験も感性も、あまり関係がない。もちろん地位や名誉や財力とも、無関係だ。現に対象者は、後進国より先進国のほうが多い」

「先進国のほうが……？」

どういうことなのか、すぐには理解できなかった。

ジェスの思想は一見、優れた人間以外を人為的に排除しようとする優生学に見えなくもないが、もしかしたらその逆だという可能性もある。

ジェスはＷｏｒＬＤとＳＤＰを作り、全人類を平等の地平にさらした。地位や名誉や財力に関係なく、人種に関係なく、知能や経験や感性を向上させる術をばらまいた。

そのうえで、人類を弱肉強食の自然則にもう一度はめなおそうとしているのだろうか。だとすれば、排除するターゲットとは、どういう人間なのか。

「流れにただ身をまかせてる人は、害だということですか？」

オレの言葉に、ジェスは苦笑した。

「そういう勧善懲悪の話ではないが。言葉で表現するのは難しいね。いつかのウィトゲンシュタインの理屈と同じだ」

「でも流れに身をまかせる人とは、どういう――」

「あえて言うなら、創意工夫しない人間、価値を生まない人間、ということになる」

「価値……」

「そう。価値とは、その存在を迎合されるもののことだ。それは物質でも、観念でもいい」

「なんのために、価値を？」

「君の言い方を借りれば、価値を認め合うことを、ぶつけ合うことを、共感というんじゃないのか。すると価値とは、共感するためのツールだ。それを持たない人間に、共感などないだろう？」

「……」オレは答えに詰まった。「その価値とは、物質でも、観念でもいい？　たとえば不細工な人形を作ったり、くだらないギャグを言ったりとかでも？」

「そうだ。誰かに迎合されるのであればな」

「……」

「生物学的に言うなら、その個体の生んだ価値の評価と量が、そのまま人間の強さをあらわす。哲学的には、それが存在意義となる。なにも生まないものに、存在意義はない」

ジェスは無表情だった。感情を表出させる理由がないようだった。オレは言った。

「そのままにしておいてはいけないんですか？　価値を生む人も生まない人も、みんな生きればいい。それぞれ、役割がある」

「もちろんだ。すべてを排除するわけではない。減らす必要がある、ということだ」

「なぜですか」

「それは君自身が、身をもって感じているんじゃないのか」

「……」オレは感情がうずくのをおさえ、冷静に言った。「量が多すぎて、価値が生みだされにくい、あるいは評価されにくい、ということですか」

「わかりやすくいえば、君や君の仲間が、その量につぶされてしまうからだ」

「つぶされてしまう……？」

「死ぬということを言っているんじゃない。その性質が失われる、ということだ」

「性質が失われる……」深く息をつき、気を静めた。「それは確定的なんですか」

「このままではな。だが、それを人類が望んでいるとは思えない」

ジェスは眼差しを強め、続けた。

「それに、ある特定の価値を生む人によって、生まない人の大半が操作され、取り返しのつかない争いに発展する。これまでも幾度もそうした危機に人類は立ち会っている。それは戦争だけにかぎらない。ゆえに量のバランスを模索し、拮抗させなければならない」

「本来あるべき価値の勢力が、それを生まない人のせいでおかしくなる、と？」

「そうだ。価値には価値をもって対抗すべきだろう。なのになにも持たない者が絶対者をかかげ、それに操られ、価値を生む者の枷になったり、あるいは迫害したりする。そうした量の偏りは加速しつづけ、いずれバランスを崩して全体が崩壊する。それが人類の歩む末路の一つだ。知性体のみが持つ宿命とも言える」

「でも、そうなるとはかぎらないでしょう」

「もちろんだ。だが君はさっき、選択することが人間の持つ意義だと言った。その末路を私は選択したくはない。理由を考え、可能性を見出し、別の未来を選ぶのが当然だろう」

「……」

感情が、さざめいた。コーヒーカップに手をそえたが、中身はもうなかった。

「以前」ジェスが続けた。「絶対者の概念が君から出たが、覚えているかな」

「……はい」

「常識や道徳、美意識、信仰、恐怖、種類はいろいろあるが、そうした絶対者の質を変えるのは難しいという話だったね。だから君は、あぶれた自我のほうを変容させるしかない、というようなことを言った」

「……でもそれは結果的に、自分をつぶすことだと？」

「そうだ。そしてそのとき私は、絶対者の質は待っていても変わらない、変える力を持つべきだ、と言った」

ジェスの視線が、ふと緩んだ。

「どうだろう。今まさに、絶対者の質が大きく変わろうとしているとは思わないか？」

「それは……、感じています」

オレは目をつむった。

たしかに世界には、ある種の暗黙の了解が芽生えはじめている。

「どんな人だって、いずれ気づく」ジェスの声は深く落ちついていた。「生きる人と死ぬ人の差がなんなのか。どうすれば、生きていけるのか」

オレは目を閉じたまま、それを聞いた。

「今起きている現象を科学で解明することはできないが、人はその差だけを直感する。

目的を持たず、理由を考えず、未来を選択しない人間は、死んでしまうのだということに気がつく。人から夢をもらったり、夢を与えたりできない人間は、自ら死んでしまうのだ、と。それに気づいたとき、人は自分の生きる理由を考えはじめる」

「でも生きる理由なんて、そんなに簡単には」

「――大丈夫。考えはじめるだけで、いいんだよ」

ジェスは、目を細めて微笑んだ。オレはつばを飲み込んだ。

その言葉は、驚くほど温かかった。

「考えはじめれば、そこから価値が生まれるんだ。価値がぶつかり合うことを、共感という。共感は、知性の象徴だ。ほかのどんな動物も、それを為しえない。だからそれを持つものを、人間という」

「人間……」

「極端だと思うかもしれない。だが私は、そう信じているよ」

お父さんの手紙を思いだす。何度も読み返した、その言葉。

――人間って、なんだろう。

喉の奥に、熱いものが込み上げた。おさえつけていたものが胸を渦巻き、今にもあふれだしそうになっていた。オレは必死に抵抗し、うつむいたまま声を絞りだした。

「今あなたが、それをやらなければならないんですか。もう少し待つことだって」

「私にも君にも、現時点では寿命がある。人類にもそれはあるかもしれない。だからこのまま偶然にゆだねていいとは思えないんだよ。世界がこのままでは、それを変えてくれる人間があらわれる確率だって少ない。現に私は何度も、自らの命を絶ちかけている」

「あなたが、自殺を……？」

オレは顔を上げた。ジェスの視線が、揺れていた。

「君がもし、共感のない世界で年を重ねたなら、どうなるだろう」

ジェスは頬を硬くして、言った。

「なんのために生きているのか、それを見つけることなどできるはずがない」

「……」

オレは、言葉を失った。ジェスも、固く口を結んだ。

深い沈黙がおとずれた。

「イシュタムは――」

ジェスが、吐息のように言葉をもらした。

「ふいに、目の前に顕れる」

オレは眉をひそめた。

「……イシュタム？」

「――知らないのか。マヤに伝わる自殺の女神だよ」

「自殺の、女神……」

「私は彼女と対峙し、そこで気づいた。天啓を得たんだよ」

ジェスは窓を向き、ゆっくりと息をはいた。

「彼女が連れ去るべきは、私ではない。もっと別の者たちだ、ということに」

ジェスはそのまま、憂いを帯びた視線を窓の外へ投げかけた。その眼差しには、絶望とも希望ともとれる複雑な光が宿っていた。

オレの体が、ぶるりと震えた。

ジェスの身に起こったこと、そうしておとずれた思考、その天啓が、いつしか他人事とは思えなくなっていた。

イシュタム――。

オレもやがて年を重ねたとき、それはふいに顕れるのだろうか。

もしそうだとしたら、オレはどういう末路を選択するのだろうか。

ジェスは立ち上がり、空になったカップにコーヒーをそそいだ。ゆっくりとした動作で時計を見上げ、明るい声に戻って言った。

「少しだが、まだ時間はある。ほかに質問はあるかな」

オレはジェスを見上げた。思いをふりきるように、歯をかみしめた。

「この計画は、いつまで続くんですか」

「それは」ジェスはおだやかに微笑んだ。「数が拮抗するまでだ」

「その数って」

「正確にはまだわからない。が、第一段階では現人口の一二パーセントを目処にしている。だが、累計してもまだ一・八パーセントが減ったにすぎない」

「一二パーセントって……、一〇億人……？」

「最初の目標だ。——それはまもなく、一段落するよ」

「まもなく……？」

「そう。——イシュタムが、人々を楽園に導いてくれるだろう」

ジェスはオレの目を見据えていた。その視線を受け止め、オレは長い吐息をはいた。

太陽に雲がかかり、部屋が一瞬暗くなった。

オレは、最後の質問をした。

「なぜあなたは、オレに近づいたんですか」

ジェスは微笑み、コーヒーを置いてうなずいた。

「ＳＤＰによる属性分析は、なにも情動操作の対象者だけを探すものじゃない。優れた素質を持つものも同時に探しているんだよ。だから私のもとには、年間十数人のレベルだが、そうした候補者のリストが届けられる。そこに、君の名前があった」

「けど、全員に接触してるわけじゃないでしょう」

「そうだな」ジェスは頬をかきながら答えた。「私の研究を支えるチームに、優秀な男がいた。行動学の専門家だ。彼のプロフィールの片隅にも、君の名前があった」

――やはり。

「その人の名は、加是広助ですか」

「そうだ。彼の息子の名が、優能者のリストにもあったというわけだ。同じ日本人だし、私は興味をおぼえた」

「じゃあお父さんも、あなたの計画の全貌（ぜんぼう）を知っているんですか」

「いや。なにも知らない」

「じゃあ知っている人は、あなたのそばにどれくらい……？」

ジェスは答えずに微笑んだ。オレは眉をひそめて言った。

「まさか一人も……？」

「やり方はいくらでもあるよ。ただ、本来ならそこまで隠蔽（いんぺい）するつもりはなかった。単純に、信頼できる人間に恵まれなかっただけだ」

「誰もいなかったんですか」

「一人だけいたが、二五年前に死んでしまった。井桁丈一といって、古くからの親友だった。その名を、私はＷｏｒＬＤで使っている」

「知っています。あなたをＩＩＴに誘ったご友人ですね」

「なるほど……」ジェスの微笑みが、さらにゆるんだ。「君はわざわざ、インドまで飛んでくれたわけか。その名で、私の正体を」

「信頼できたのはその人だけですか。お父さんのことは？」

「君の父は、信頼しはじめたころに辞めてしまったよ」

「……そうですか」

頭の中で、すべてのピースが埋まった。

「だから」ジェスは静かに言った。「自力でたどりついたのは、おそらく君がはじめてだ」

いや、もう一人います。

その言葉をのみ込み、静かに訊いた。

「じゃあ、……オレに、消えてほしいですよね」

「まさか」ジェスは大きな声で笑った。「この世界に、共感できる人間は少ない。そのわずかな芽をつぶすなど、本末転倒だ」

ジェスは笑いながら、オレの目をのぞき込んだ。

「でもオレは、阻止しようとするかもしれません」

「だろうな」ジェスは大きく息をついた。「たしかに、君たちの身近な、もしかしたらかけがえのない人たちが、私のせいで命を絶っているかもしれない。――でも、君も君の父親も、生きている」

ジェスの視線が力を帯びた。

「だが、いずれ死ぬ。全員、死ぬ。そして、二〇万年続いた人類も、このせっかく芽生えた知的生命体も、あと数百年で滅びるかもしれない」

「……でもそれは」

こちらの言葉をさえぎり、ジェスはゆっくりとかぶりを振った。

「一つだけ言えるのは、過去に死んでいった人の上に、そしてこれから死んでいく人の上に、君らは立っているということだ。それは私がなにをしようが、しまいが、決して変わらない」

ジェスは厳しい口調のまま、続けた。

「それを、忘れてはならない。生き残った人は、死んでいった人を見て、自分の存在に気がつかなくてはいけないんだよ」

「だからこそ」オレは声を振り絞った。「オレもあなたも、もっと成長する必要があると思います。もっと模索して、もっと強く、もっと成長しないと」

「そういうことだな」ジェスはうなずいた。「つまり我々は、闘うしかない。今は」

「……」

「だが、勘違いしないでほしい」

ジェスはそう言って、表情を崩した。

「君と私は敵かもしれないが、同時に仲間であることもたしかだ」

「……」

ジェスが、立ち上がった。

その全身には、揺らぎのない力強さがみなぎっていた。


ジェス・リーズンの部屋をあとにし、放心したまま廊下を歩いた。

話した内容を反芻し、ジェスの言ったことの真意を、脳裏に刻み込んだ。

見える場所と、見えない場所で、人類は一人の男によって底上げされている。そしてそのうえに、今の世界が成り立っている。それはまぎれもない事実だった。

しかしそれは、ジェスの選び取った一つの選択肢だ。ほかに道がないわけではない。

これからすべきことに整理がつかなかったが、考える糸口はあるはずだった。

まっすぐな道を、見つけなければならない。

そこへ、足を踏み入れなくてはならない。

府中刑務所の門をくぐると、清々しい風が吹きぬけた。

歩きはじめたところで、横から誰かが声をかけた。

「――おつとめ、ごくろうさん」

オレは振り返って、その顔を凝視した。

「元気だったか?」

お父さんが、笑顔でそう言った。

# 14　愛のゆくえ

お父さんの目は、真っ黒で深かった。

写真では焦げ茶色に見えていたため、印象がずいぶんとちがった。全体的に浅黒くて、目尻の笑いじわが濃く、唇は思ったよりもぽってりしていた。

背はオレと一緒くらいで、太ってはいないがガタイがよく、背すじが伸びているせいで年齢がわかりづらかった。

お父さんは満面の笑みでオレをながめていた。あまりに遠慮のない笑顔だったため、オレは硬直した。視線はそらさなかったが、うまく笑うことができなかった。

急に心臓が激しく脈打ち、耳が赤くなった。喉が苦しくなり、あわてて苦笑いした。

お父さんは顔を引きつらせ、オレの肩をさわろうとした。咳払いをし、鼻をすすり、肩ではなく頬に触れた。

オレの頬を、お父さんがなでた。

その感触はあまりにも大きく、分厚かった。その手つきはあまりにも雑で、優しかった。

「やべ……」

お父さんは低くつぶやいて、オレの肩をばん、と叩いた。その衝撃が体全体に広がって、オレはよろめいた。動きにつられて体が震え、とたんに胸が熱くなり、顔が変なふうに歪んだ。ごまかすようにまた苦笑いを浮かべて、お父さんを見た。

お父さんの顔も、歪んでいた。頬が、濡れているように見えた。お父さんは舌打ちをしてうつむき、咳払いをした。その振動で、お父さんの顔からなにかが落ちた。それはぼたぼたと、地面を濡らした。

オレは、泣いた。

どうしようもなく体が震えつづけ、だから何度も腕で目をこすった。

お父さんは自販機に走っていき、しばらくその前で立ちつくした。

やがて緑茶と烏龍茶を持って戻ってきた。

「どっちがいい」

お父さんは穏やかな顔で言った。オレが答える前に緑茶が差しだされた。お父さんは照れたように笑い、オレは焦ってまぶたを何度もこすり上げた。

「あまりにでっかくなってたから。ビビったよ」

「え?」つられて笑みがもれた。「親戚のおじさんじゃあるまいし」

オレはお茶を受け取って、半分ほどを一気に飲んだ。なにを話せばいいのかを、考えないようにした。

「とりあえず、車に乗ろう」

お父さんはそう言って歩きだし、脇に止めてあった軽トラックに乗り込んだ。

しばらく車で走っているうちに、緊張や違和感はだいぶやわらいでいった。

お父さんはそのあいだ、ずっとオレに近況をしゃべらせた。小中高での生活がどうだったか、友達にはどんなやつがいたか、社会に出てなにをしたか。オレは細かいできごとを思いだせなかったため、おもにそのときの心境を語って聞かせた。その行為は普通恥ずかしいことのように思うが、あまり気にせずに胸の内をはきだせた。

気づけばオレは熱烈に語っており、お父さんを笑わせようと必死になっていた。それが何時間も続いたころ、お父さんは車を止めた。

「着いた」お父さんが笑いながら言った。「ここ。去年から住んでる家だよ」

「へえ」

車から降り、あたりを見わたして気づいた。凄まじい郊外で、周りには荒れた畑がひろがっていた。はるか後方に住宅のつらなりが見えたが、このあたりにはまるで家がない。

「なんでこんなところに？」オレはその一軒家を見上げた。「しかも、すんごいぼろい……」

「ぼろくて悪かったな」お父さんが笑顔のまま言った。「東京近郊で人里離れた場所なんて、そうそうないんだよな」

「なんで人里離れたとこに？」

「詮索されずに集中するためだよ。わかるだろ？」

そこで、まだお父さんについてなにも聞いていないことに気づいた。お父さんを追って玄関に入りながら、オレは早口で聞いた。

「お父さん、今日なんであの刑務所に来たの」

「もちろん、おまえを迎えに行ったんだよ。家に電話したら、いないって言われてな」

「電話したんだ」

「でお母さんから、おまえが先週まで外国を飛びまわってたと聞いて、ピンときた」お父さんは靴を脱がずに中へ入っていった。「それで、ジェスのスケジュールをハックしたら、ジェスも予定をドタキャンしてたしな。それで居場所を突き止めたんだよ」

「……ハッカーなの？」

「俺が？　まさか」お父さんは照れたように笑った。「でもまあ、結果的にはそういう面もあるかな。やつに近づくためにはそういうのも必要だったし。エヴォナンスに潜り込むまで、四年も勉強したよ。いい年こいてな」

お父さんはそのまま台所へ入った。

「時間がないなあ。俺はコーヒーを飲むけど、おまえは？」

「じゃあ、オレも」

お父さんはうなずいて、台所に向かった。棚からやかんを取りだし、お湯を沸かしはじめた。

よくよく見ると、調味料や食器類が一通りそろっている。自動調理器の類はない。完全な自炊生活のようだった。

「ねえ」オレはお父さんの背に向かって聞いた。「なんで、一人で暮らしてるの？」

「え？」お父さんは振り向かずに答えた。「そりゃ、それしか方法がなかったから」

わかってはいたけど、聞かずにはいられなかった。

「途中で会いには来られなかったの？」

「そうだな」お父さんは手を止め、振り向いた。「何度も何度も、会いに行こうと思ったよ。でも、敵がどういうやつなのかわかるまでは、不安だった」

「オレたちに危険がおよぶから？」

「俺が途中でしくじった場合、どうなるかわからない。縁を切っておくしかなかった」

お父さんは顔を歪めたまま、カップにお湯をそそいだ。

「でも最近やっと、そういう危険は俺にもおまえにもなさそうだってことがわかってきたけどな。やつはもしかしたら、敵の出現を歓迎しているかもしれない、て」

「歓迎？」

お父さんはカップをオレにわたし、微笑んだ。立ったままでそれを飲みながら、オレをまじまじと見た。

「にしてもおまえが今日、ジェスに会うとはね。もしかして、ピンときたの？」

「なにが？」

「今日が運命の日だって」

「え？」

お父さんはオレの目をのぞき込んだ。オレは考えをめぐらせた。

「まだ聞いてなかったけど」お父さんは言った。「今日おまえ、ジェスに会って一通り話したんだろ。どう思った？」

「どうって」返答に困った。「まだよくわからないよ。でも、あの人の選んだ道が正解だとも、オレには思えなかったけど」

「現時点で、三つの道があるだろ。やつのしていることを傍観するか、応援するか、やめさせるか」お父さんはコーヒーをすすった。「おまえは？」

「やめさせる」

即答してしまった。まだそれについても熟考が必要だったはずなのに、オレはあたりまえのようにうなずいていた。

「なんで?」

お父さんが聞いたが、オレは答えられなかった。お父さんは微笑みを強めて言った。

「単なるカン、か?」

お父さんはどうなの、と聞こうとして、やめた。それはもう、わかりきっていることだった。

「さっき」オレは別のことを聞いた。「あの人が敵の出現を歓迎している、ていうのは」

「おまえは、そうは感じなかったか?」

「……」ジェスの憂いをたたえた眼差しが、頭をよぎった。「もしかしてそれは……」

より正しい道を、選択するため……?

お父さんが、眉を引き絞ってオレを見つめた。その目は、深く澄んでいた。

「よし、じゃあ!」お父さんは時計を見上げた。「時間がない。はじめるぞ!」

「え?」

お父さんが歩きだした。その背を追いながら、聞いた。

「なに、今日なんかあるの?」

言ったあとで、ジェスの言葉を思い起こした。

——まもなく、一段落するよ。

「よし、と。ちょっと待っててな」

お父さんは寝室らしき部屋に入り、洋服ダンスを開けた。タンスはハンガー専用らしく、引き出しはついていなかった。お父さんは中に首を突っ込み、コートをかき分けながら下をさぐりはじめた。

「よし、行くぞ」

お父さんはそう言って、コートのあいだに身をねじり込ませ、タンスの中に入った。その体が、ゆっくりと下へ消えていく。

「ええ!?」オレはうなった。

「おまえも来い。タンスの戸を閉めて、最後にこのフタも閉じてな」

「なにこれ……」

暗くてよく見えなかったが、タンスの床に穴があいていた。オレはお父さんにつづいて、下水道をくだるようにしてそのはしごをおりていった。

下は地下室のようだった。暗闇の中、金属の焦げたようなすえたにおいが鼻をついた。お父さんが楽しそうに笑い、蛍光灯をつけた。

「知り合いの建築屋に頼んで作ってもらった作業部屋だよ。狭苦しいけど、快適だ」

部屋は一〇メートル四方ほどの広さだった。正面には無数の鉄の箱が積み上げられており、その数が多すぎて奥の壁が見えなかった。右手には大きなテーブルと椅子があり、その上にキーボード類が、壁には巨大なモニタが掛かっていた。

「なにしろ騒音がすごくてさ。地下でひっそりとやるしかない」

お父さんはそう言ってガラクタの山に近寄った。かがんでなにかのスイッチを押すと、ブウン、という爆音がして、すべての箱の片隅にいっせいにランプがともった。

「うわ……！」

「昔の、古き良きデスクトップPCってやつだよ。四二〇〇台くらいあるかな」お父さんはオレを振り返って苦笑した。「金がなかったからさ、大変だったわけよ」

「え……」オレは唖然として聞いた。「どうしたのこれ」

「ゴミ処理業者になって、無料で回収いたします、て広告出してかき集めたんだよ。そんで、一台一台に分散処理用のチップをつけてさ。つなげるのに丸一ヶ月かかった」

「スタンドアローンなの？」

「そう。ネットは切って作業してる。ＢｒａＩＮにつなげると、どこで足がつくかわからないからな」

お父さんはテーブルに移動し、オレを振り返った。

「さて。ご対面だ」

そう言って微笑み、モニタの電源を入れた。

その瞬間、画面いっぱいに一人の女の子があらわれた。

「あ……！」

女の子が、こちらを見て微笑んだ。神秘的なたたずまい。その顔には、見覚えがあった。

セージとぶつかりそうになってすりぬけた、ヒトミの雰囲気に似たあの娘だった。

「一度見たことがある……」

オレが言うと、お父さんは大きな声で笑った。

「おいおい、冗談だろ！　なんだよ一度って」

「え？」

「なに」お父さんが顔をしかめた。「まさか忘れてる？　愛の顔を」

「愛……？　ああ！」

衝撃を受けた。

お父さんの妹！

「まったく……忘れるとはな」お父さんは苦笑した。「まあいいや。時間がない。とりあえず作業しながら説明するぞ？　うかうかしてると一〇億人が死んでしまう」

「……え」

「さてと！」

お父さんが、椅子にどすん、と腰かけた。

「ドンデン返しのはじまりだ！」

——そうか！

全身に鳥肌が立っていた。おおよそのことを直感した。

お父さんはモニタに向かい、操作をしながら話しはじめた。

「今日、あと一時間くらいで、愛の存在が全世界に発表される。インフォのメール見たろ？　人工意識を搭載した、まったく新しいＡＧを開発したって。それが、この愛だよ」

お父さんは画面にソースコードを呼びだし、目まぐるしいスピードでそれらを書き換えていった。

「ジェスはこれまでの研究の集大成として、人工意識のＡＧを作った。人の情動を操作する信号を、このＡＧのコミュニケーションを通じて発信させるためだよ。会話はもちろん、表情や仕草や提示する情報のすべてが、人間を死へと導く暗号(コード)となっている」

「相手の感情を読み取りながら、情動操作の信号を出す……？」

「そういうこと。相手の状態をリアルタイムにフィードバックすることで、効率が跳ね上がる」

オレはお父さんの背中を見つめた。状況は把握したが、確認しなければならない。

「……お父さんは、どうやってエヴォナンスに？」

「そうだな」

お父さんは指の動きを止めずに振り返った。

「いきさつを、最初から話したほうがいいだろうな」


お父さんの目まぐるしい作業は、一時間近くにおよんだ。

その間お父さんは、操作を止めずに大急ぎでいきさつを語った。

お父さんは妹の死後、それに気づいた。人間のあらゆる営みは自然現象の一部であるはずなのに、アムステルダムの事件や妹の自殺は、あきらかに不自然だった。不穏な空気を感じ、オレたちを残して旅に出た。世界各地で起こる自殺現象を調べるうちに、やがて真相に思い至った。誰かが、人間を故意に操作しているということに。

はじめはそれを阻止するつもりだった。しかし、誰かがおこなっているその計画が、まちがっているかどうかの判断がつかなかった。そのころには、お父さん自身も人間に絶望していたからだ。

しかし、無人島から戻り、確固たる自分に立ち返った。人間は愚かだが、それは自分も愚かだということの証明だった。計画を実行している誰かも、愚かである証明だった。お父さんはそれから、計画を阻止することに全力をそそいだ。

ＷｏｒＬＤ内で人類行動学の学位を取り、人工知能の研究コミュニティに名を連ねた。人工意識と人間の情動との関連性を論文にまとめ、それをもってエヴォナンスに入社した。そのころジェス・リーズンは同じ研究をしていたため、お父さんはコアチームに迎え入れられた。無人島帰還から四年が経過していた。

それから六年間、チームの人工意識研究に加担した。同時にジェス・リーズンの計画実行のメカニズムを調べた。が、情動操作のパーツがばらまかれる経路については、どうやっても近づけないことがわかった。そこで、計画の主軸が人工意識に移るように、研究に没頭した。ＡＧを開発するというプロジェクトで、まったく新しい人工意識をデザインした。アルゴリズムの構築には関われなかったが、コミュニケーションの手法と概念の分野をすべて担当した。

「このＡＧのコードネームは、イシュタムだった」

お父さんはめまぐるしくキーを打ちながら、鼻を鳴らした。

「だから俺があとで命名し直したんだよ。――愛に」

やがてジェス・リーズンの計画がイシュタムに移行しはじめたころ、お父さんはエヴォナンスを退社した。そうしてこの家にこもり、最終段階の準備をはじめた。愛のプログラムをまるごと持ち込み、それを走らせるためにＰＣを積み上げ、愛のコミュニケーション機能を根底から変えるウイルスを作りはじめた。

「ジェスは今日、愛を使った第一波で、最初の目処の一〇億人を達成する気だ」お父さんが言った。「そして世界中に配布した愛で、半永久的に人口の調整を続けるつもりだよ」

「それをウイルスで防ぐ？　愛のコミュニケーション機能をまるごと変えるってこと？」

「その糸口をつかむのが大変だった」お父さんはオレを振り返った。「人間にたとえると、愛には鉄壁の抗体があるから、どんなウイルスも侵入できないんだよ。あとから愛の思考回路や行動を変えるのは不可能に近いんだ。そこで俺は辞める前に、ある特定のキーを持つウイルスにだけは反応するよう、こっそり設定してきた」

「ばれないの？　そんなの調べられたらあっという間に」

「いや、ばれない。説明が難しいけど、このウイルスは言ってみりゃ、『ときめき』みたいなやつだから」お父さんは照れたように笑った。「――恋の病の原因なんて、誰にもわかるわけがないだろ」

そのとき、ケータイにインフォの着信が入った。

「きたな」お父さんはギラリと笑った。「雄、そいつを壁に映しだしてくれ」

「うん」

オレはケータイのプロジェクタをONにし、WorLDにログインした。そのインフォメーションは世界同時生中継となっていて、WorLDと現実世界のあらゆるニュースチャンネルを独占し、配信されていた。

「よし！」お父さんが言った。「こっちのほうも準備はできた」

「どうすればいいの？」

「まずは様子見だ。タイミングを見て、ウイルスを放つ。たとえ感づかれても間に合わないように、ギリギリの直前を狙う」

「あ」オレは中継画面の文字を読んで言った。「新型AG、緊急会見だって！」

「そうそう。愛のお披露目会、てやつだよ」

エヴォナンス・パビリオン内に、緊急会見の特設会場が設けられている。埋めつくす報道陣。飛び交うざわめき、カメラのフラッシュ。

『――ということで、これまでは実現不可能だった、感情を持ったAGがついに登場します。さっそく、今こうして会場に来ているのですが――』

見たことのある人気リポーターが、会見舞台を前に意気揚々としゃべっていた。

『ああ、はい！　まもなく会見がはじまる模様です――』

途端に、光と音のイルミネーションが会場内を満たす。

壁一面を覆う巨大パネルに、現実世界のさまざまな都市が映されていく。

全世界同時生中継。東京、ニューヨーク、ロンドン、パリ、上海……。

現実の街を埋めつくす人々が、みな一様にビルのディスプレイ・モニタを見上げている。――新型AG、緊急記者会見。

「そろそろ、愛が登場するはずだ」お父さんは真剣な表情で言った。「で、自己紹介をする。魅惑的な表情と、身ぶり手ぶりを使ってね。予測ではそれが、毎秒一二〇フレームで九二秒間続く」

「うん」オレはつばを飲み込んだ。

「それで、一番最後のしめくくりの言葉が、死への起爆剤になる。イシュタムの暗号。それによって一気に一〇億人を達成するつもりだ」

「それは……、なんて言葉なの」

お父さんは手を止め、こちらを振り向いた。

「〝みなさん、さようなら！〟てね」

『――あ、現れました！　あの可愛い女の子がどうやら、新型のAGのようです』

愛と、開発者らしき二人が、会見用のテーブルに座った。

『それではまず開発者の方にお話をうかがいたいと思います』

リポーターがにこやかにマイクを向ける。向けられた男が、髪にさっそうと手ぐしを入れる。

『どうも。AG開発チームのヒース・ロウと申します。このたびは——』


「この人ね」お父さんはニヤリと笑った。「俺の元上司だよ。すごい人でさあ」

「へえ」

「頭は切れるけど、ああ見えて意外と短気でね。ジェスを崇拝してるよ」

「……ふうん」誰かさんに似ているな、と思った。


『——ということで、あと一週間ほどでみなさんのもとへ配布する予定です』

画面が愛のアップになり、愛が会釈をした。続いてもう一人の開発者が映る。

『名前は今のところ〝愛〟ですが、もちろんみなさんのお好きな名前で呼んであげてください。あなたの呼ぶ声に、彼女は喜んで反応してくれます』

カメラが最初の開発者に戻る。

『それでは、今日は時間がないため少しですが、実際に愛に自己紹介してもらいましょう。それじゃあ、愛、よろしく!』

画面がふたたび愛のアップになった。

微笑む、愛。

背後のパネルに、現実世界の人々が映しだされる。白人、黒人、アジア人、そのさまざまな表情に、笑みが漏れる。

「よし！　回線をＷｏｒＬＤにつなぐぞ！」お父さんはキーボードを叩きながら言った。「発射準備だ。この瞬間のために、俺は一〇年も使ったんだよ！」


会場を埋めつくすフラッシュ。

愛が、にこやかに笑った。

『──みなさん、はじめまして』

愛はゆっくりと会釈し、カメラの正面をまっすぐに見つめた。

『わたしは、自分の感情を持っています。自分の考えを持っています。でも、一人では、生きられません。みなさんの助けが、必要なんです』

愛の眼差しは、透き通っていた。まるで水や空気のように、純粋だった。

突然、マイクを向けていたリポーターが、「──ぷっ」と吹きだした。

と同時に、会場のそこかしこで、ささやきのように、ざわめきのように、笑いの波が巻き起こっていた。

開発者たちの顔が不審そうに歪み、辺りを見まわす。

背後のパネルでは、世界中の人々が街頭で愛を見上げている。どういうわけか、人々は笑っていた。――クスクスと、笑っている。


「――これは……！」

全身に、鳥肌が立っていた。

これと同じ光景を、オレは見たことがある……！


愛の透き通った眼差しに、イルミネーションが反射して光った。

『――だから、だからわたしは、みなさんの言葉を、理解したいです。感情を、理解したいです。心が、わかるようになりたい。

そのために、わたしは生まれました。一生懸命がんばりますので、これからどうぞ、よろしくお願いします』

愛が深々と頭を下げた。その語尾に、人々の笑うさざ波が重なる。リポーターが口を押さえながら、マイクを向け直した。

『ありがとう……ございます』何度も吹きだしながら、リポーターが懸命に言葉をつなぐ。

『……それでは、最後にひとこと、なにかありますか？』

「いまだ！」

お父さんが叫び、パアン、とキーを叩いた。

愛の顔が、ふいに無表情になった。

辺りに一瞬、沈黙がおとずれる。背後のパネルで、人々の表情が固まる。

リポーターが眉をひそめ、訝しげに先をうながす。

『さあどうぞ。ひとこと、お願いします』

愛が、満面の笑みに戻った。

会場全体を、愛はゆっくりと見わたした。

そして深呼吸をし、ひときわ大きな声で、叫んだ。

『みなさん、愛してます！』

お父さんが、ゆっくりと目をつむった。

大きく息をはき、深々と椅子にもたれた。

天井をあおぎ、ゆっくりと腕をかざした。

ぐぐっ、と拳を真上に突き上げた。

「やった……！」

「うん！」

オレの体が、ぐつぐつと煮えたぎっていた。

誰も気づいていないが、今たしかに、一〇億人の命が救われた。

何年もかけてはぐくまれた愛が、すべての人々に解き放たれた。

世界はこうして、気づかないところで誰かが闘い、成り立っている。そんな実感におそわれ、体がぶるぶると震えていた。

お父さんが、天井を見上げたまま、言った。

「愛は、自殺の女神なんかじゃない。その名のとおり、人に愛を贈る天使なんだよ」

オレを振り返り、おだやかに笑った。

「みんなが愛に触れることで、共感の大切さに気づくように、愛を感じ取れるように、――そう思って作ったんだ！」

「……」

オレは、大きくうなずいた。
震えが止まらず、視界一面がやわらかくゆがんでいた。

その夜、お父さんと並んで寝た。
暗闇のなか、天井を見上げてしばらく話した。
これはまだ宣戦布告にすぎない、とお父さんが言った。心の準備はできているか、と。
うん、と答えた。オレはそのために、自分を鍛えてきたんだ。
あいつは手強い、とお父さんが言った。でも闘えばきっと、答えが見つかるよ。
うん、とオレは答え、ゆっくりとまぶたを閉じた。

久々に、いい夢を見た。
陽だまりの公園に、みんながいた。
かけがえのない仲間がいて、同僚や先輩や子供たちがいた。
みんななにごともなく、日常は鮮やかな光をおびていた。
ただひとつだけ、普段とはちがった雰囲気があった。
それは、みんなの笑顔だった。表情の、輝きだった。
人にさとられることや、さとってしまうことを、誰もおそれてはいなかった。

愛とヒトミが、噴水に腰かけ談笑していた。
ヒトミがオレを見て、ふふ、と微笑んだ。
目尻をさげ、口元をゆるませていた。
それだけで、ただそれだけで、充分だった。
大きななにかが、オレをゆっくりと抱擁するのを感じた。

# スタッフロール

翌日、寝ぼけまなこでコーヒーを飲んだ。

あくびを噛み殺しながらケータイをながめ、ＷｏｒＬＤの様子を確認した。

昨夜のお披露目会の反響は、凄まじかった。お父さんの集大成であるコミュニケーション技術によって、人々は早くも愛に心を奪われたようだった。ＷｏｒＬＤ統括事務局（ＷＨＧ）は予定どおり、来週末までに愛を全世界すべてのユーザーに配布すると発表していた。

ジェスの計画はいったん破綻（はたん）したが、とはいえ今さら公式予定を変更するメリットがなかったのだろう。

――恋の病にかかった愛が、まもなく世界中に舞いおりる。

この新しい人工意識生命体というツールを使って、ある者は人類を選別しようとし、ある者は共感を奮い起こそうとした。

方法はまるで正反対だが、目的は本質的に同じだった。

だからきっと、どちらも愛なのだ。

――人類を救おうとする愛。

その複雑さに半ば朦朧としながら、オレはコーヒーをすすった。

やがてお父さんが起きてきた。ひどく不機嫌そうな顔だった。

「なに、寝起き悪いの？」

おそるおそる聞くと、お父さんは肩を落として答えた。

「悪夢にうなされたよ」ため息をつき、つぶやいた。「今後のことを思うと、気が重い」

「……たしかに」オレはひたすらコーヒーをすすった。

「やつの次の手を探らないとな。情動操作のパーツも無限に散らばってるわけだし。

また世界中を回ることになるだろうな」

「そうなの？」

「でもまあ、おまえがいるから」お父さんは頭をガシガシとかいた。「今まで会えなかったのはきつかったけど、それもまんざらでもなかったかもな」

「え？」

「だって俺がずっと横についてたんじゃ、たぶんおまえはここまで成長してないだろ」

「そうかな」

「まあ親としちゃ、影響を与えるだけじゃ寂しいしな」お父さんは苦笑いを浮かべた。

「俺だって、おまえから影響を受けたい」

「……うん」

「だからまあ、今は最高の気分だ」

「……」

オレも苦笑しながら、コーヒーを飲み干した。

その温度で、顔がひどく熱くなった。

「――それにしても」オレは息をついた。「この先、たった二人で大丈夫かな……」

「ああ。まあそのへんは、ゆっくり考えよう」

お父さんが台所に立ち、やかんに火をかけた。そのとき、外から爆音が鳴り響いてきた。

「え？　なにこの音」オレは窓に近寄った。「ヘリコプター？」

「……そうらしいな」

お父さんも窓を見上げ、腕を組んだ。

「やばいでしょ」オレは青ざめ、思わず叫んだ。「敵じゃないの！」

「いや……、ちがうかもな」

「ええ？」

オレはお父さんと一緒に外へ出た。

ちょうど真上に、巨大な輸送ヘリが滞空していた。

目をこらすと、操縦席の窓で、誰かが手を振っているのが見えた。

「――お母さん⁉」

「おお、懐かしい」お父さんが穏やかに言った。「あんまり変わらないなあ」

「ちょっと、どういうこと？」

オレはお父さんに詰め寄った。

「いや、昨日おまえを迎えに行く件で、お母さんと電話で話したって言ったろ」お父さんは頭をかきながら言った。「そんとき、目処がついたから雄を迎えに行く、て言ってな。で、これからが大変だからしばらく連れていくって話したら、なんだかすごい怒っちゃってさ」

「もめたの？」

「まあ、お母さんもずっと俺を待っててくれてたからな」お父さんは苦笑した。「でもつい、これは世界を救う旅なんだよ、て怒鳴っちゃったから。それで来たのかもしれない」

「ええ⁉」

二人で外へ出た。お父さんが空を見上げ、ヘリに向かってのんきに手を振った。

「……う」

突風に体がよろめいた。荒れた畑にヘリがゆっくりと舞いおりた。

やがて爆音がやみ、側面の鉄扉が開いた。

お母さんが優雅な仕草で降り立った。

その後ろでもう一人が飛び降り、こちらに勢いよく手を振った。

「――ミカソン⁉」目を疑った。「なんでおまえがいるんだよ！」

オレはヘリに駆け寄って叫んだ。ミカソンはオレをにらみつけ、言った。

「なんでじゃないでしょ！　世界を救う旅っていうから、みんなを集めたんじゃない！」

そう言ってミカソンがヘリの鉄扉を指さした。逆光でよく見えないが、男が二人降り立ち、こちらへ歩いてくるようだった。

「おい⁉」

「いやあ、すごいね」イソベンが伸びをした。「はじめて乗ったよヘリなんて」

「来た甲斐があったよなあ」ジャスティスが快活に笑った。「なんか喉渇いたよなあ」

さらに操縦席が開き、誰かが飛び降りた。そのまま地面に突っ伏し、ゲロをはいた。

「――ニュウジ！」

「はあ……」ニュウジがうなだれながらつぶやいた。「……くそ……ヘリの免許なんか取るんじゃなかった。死ぬかと思ったっしょ……」

さらに後ろから、青ざめた顔の女が降り立った。

「ロッコ！」

ロッコは死神のように白い顔を上げ、かろうじてニコリと笑った。次の瞬間、ヘリの陰へと走っていき、はいた。

「おまえもかよ！」

「あ〜あ、まったく」ミカソンが顔をしかめた。「だらしないなあ」

「おまえ！　なんなんだよこれ！」オレは叫んだ。「どうしたんだよおまえら」

「なに、怒ってんの？　旅行に行くってのに？」ジャスティス。

「いや、エヴォナンスに行くんだろ？　ジェスに会えるんだよな？」イソベン。

「ちがうって！　なに言ってんだよ……！」

うんざりして視線をそらすと、地面に突っ伏しているニュウジがこちらに手を振るのが見えた。

ため息まじりにお母さんを探すと、ヘリにもたれてお父さんと談笑していた。

ロッコが口をおさえて戻ってきた。薄笑いを浮かべながら、片手を上げた。

「……なんなんだこりゃ」

「だからイヤやゆうたんや。せやけどこいつがしつこいから」

ロッコがニュウジを指さした。ニュウジは突っ伏したまま、青ざめた顔で微笑んだ。

「なんか知らんけど、またやることあらへん言いだして」ロッコが眉をしかめた。「一緒に外国行かへん？　とかゆうんやけど、うちコワイゆうてるやんか、そういうの。

したらマイコちゃんが、日那多も巻き込んだらええんちゃう、て言いよるし」

「ちがうでしょそれ」ミカソン。「ユウのとこに行くから、まずニュウジくんに声かけたのよ。そしたらどうしてもロッコちゃんをって言うから、まあいいんじゃない、てね」

「そうなん？」ロッコがきょとんとして言った。「だってうち、とりあえず日那多のお母さんに日那多を貸してくださいって言いに行ったやんか。ええよ、てゆうてたよ？」

「なんの話だよ！」

オレはたまらず叫んだ。

ニュウジがゆらゆらと立ち上がった。

「とりあえずカナタン。俺たち、スペインに行きたいんだけど」

「知るか！」

「情熱の国に行きたいから。ロッコと」

「勝手に行けよ！　お二人で！」

頭が痛くなり、視線が泳いだ。その視界の隅に、小さな黒い点が映った。

「あ！」お母さんが叫んだ。「ほら！　別便来たよー！」

「はあ？」思わず眉をしかめた。「別便……？」

オレたちは目をこらした。

道のはるか彼方から、黒い車がこちらへ走ってくるのが見えた。

どうやら、リムジンタクシーのようだった。

「遅いよ」

イソベンが腕時計をこつこつと叩いてつぶやいた。

タクシーが止まり、運転手が後部ドアを開けた。

そこには、カップルらしき男女が座っていた。

男女はドアが開いても気にせず、なおも車中で会話を続けていた。

「誰だよ?」ジャスティスが声を張り上げた。「いちゃいちゃしてねえで出てこいや」

後部席からタキシードを着た男が降り立ち、空に目を細めた。

そして、無表情に言い放った。

「ソーリー、遅くなったのです。彼女を迎えに行っていたもので」

「……!」

ダニエル!

それと、蓮井香奈まで!

「おい! おまえらいったい……」

「──あ、お久しぶり」

蓮井香奈が割って入り、オレに会釈をした。その照れくさそうな表情は、はじめて会ったときの印象そのままだった。

「ありがとうユウくん」ダニエルがオレに向きなおって言った。「このたびは、ぼくたちを招待してくれて」

「はあ？」

「まさかユウくんが世界の動物に興味があるなんて」ダニエルは顔色を変えずに興奮した。「まずはガラパゴス諸島がいいと思うよ。あそこには驚くほど固有種が多いから！」

「……あの」蓮井香奈が照れ笑いを浮かべた。「イルカに乗れるって……ほんと？」

そう言って蓮井香奈はダニエルに微笑みかけた。ダニエルが無表情に見つめ返し、ゆっくりとうなずいた。

オレは目をつむった。めまいが起こり、それを必死にしずめた。

いつの間にかお父さんが横に立ち、腕を組んで微笑んでいた。

「なんだかわからないけど」お父さんが言った。「いきなり盛り上がってきたなおい」

「いや」オレはあわてて弁解した。「オレべつになにもしてないんだけど」

「どっちにしても、この家じゃ手狭だな。それに、あまりにも目立ちすぎる」お父さんは腕を組み、低くうなった。「……よし！」

そう言って、パンパン、と手を叩いた。

「――みんな！ ちょっといいかあ？」お父さんが叫んだ。「ここで集まっててもしようがないから、ひとまず移動しよう！　人里離れた、いい島がある！」

「え！？」

いやな予感が、した。

「マジすか！」

「島っすか！」

その場の全員が急激に盛り上がった。それぞれが好き勝手になにかをしゃべりはじめた。

オレは苦笑しながら、全員の顔を見た。ゆっくりと、ながめた。

なぜだかわからないが、体中に力がみなぎっていた。

蒸気のような熱いものが充満し、全身からじわじわと噴きだしていくのを感じた。

＊　＊　＊

そしてオレは今、とんでもないところにいる。

みんなはすでに、タナ族の集落で作戦会議をはじめている。おそらくは行きたい場所を出し合い、その優先順位を争っているにちがいない。オレはしばらくのあいだ輸送機にこもっていて、今やっと、これまでを振り返り終えたところだ。

愛、きみにはまだ理解できないかもしれないが、オレたちは、こんな感じの生き物だ。ひとつだけわかっておいてほしいのは、人間だって、まだまだ成長の途中だということだ。きみがこの文書のほとんどを理解できないように、オレだってまだ、いろんなことが理解できていない。

でもひとつだけ、わかった気がする。

オレには未来を切りひらく仲間がいて、未来を掌握する敵がいる。

そして目の前には、道がある。その先には、答えがある。

オレは今、ようやく自分の立つ場所に気づいたところなんだ。

了

本書は、二〇一一年に小社より刊行された『ナゼアライブ』を修正・改題した作品です。

文芸社文庫

# イシュタム・コード

二〇一二年十月十五日　初版第一刷発行
二〇一七年九月十日　初版第五刷発行

著　者　川口祐海

発行者　瓜谷綱延
発行所　株式会社　文芸社
〒一六〇-〇〇二二
東京都新宿区新宿一-一〇-一
電話　〇三-五三六九-三〇六〇（代表）
〇三-五三六九-二二九九（販売）

印刷所　図書印刷株式会社
装幀者　三村淳


ISBN978-4-286-12639-5